Buch

In den Erzählungen von Dimitré Dinev begegnen wir Steuerein-
treibern und Taxifahrern, Kommunisten, Soldaten, Wunderhei-
lern, Schuhputzern, Sträflingen und Polizisten und ihren Frauen,
Kindern und Geliebten. Da lässt ein liebestoller Inspektor für
seine Freundin eine Handtasche aus der Haut einer Gefangenen
anfertigen; da wird ein Mann, der keinen gültigen Ausweis be-
sitzt, so lange geprügelt, bis er die Lichter einer Stadt sieht, die
er bislang noch nicht kannte; da spendet ein junger Bulgare eine
Niere, um seiner Cousine die Flucht nach Wien zu finanzieren.
Dimitré Dinev erzählt mit viel Humor in einer ebenso prägnanten
wie poetischen Sprache von jenen, die an der Grenze leben, von
Menschen, für die der Begriff Heimat eine ferne, unerreichbare
Insel ist. Mit seinem ganz eigenen, beschwörenden, fast märchen-
haften Ton schafft Dinev, was nur die wirklich Großen können:
das Schöne und das Schreckliche nebeneinander bestehen zu
lassen.

Autor

Dimitré Dinev wurde 1968 in Plovdiv, Bulgarien, geboren, emi-
grierte 1990 nach Österreich und studierte in Wien Philosophie
und russische Philologie. Seine ersten Veröffentlichungen wurden
in bulgarischer, russischer und deutscher Sprache publiziert.
Seither erschienen regelmäßig Drehbücher, Übersetzungen,
Theaterstücke und Prosa in deutscher Sprache. Mit »Engelszungen« legte Dinev seinen ersten Roman vor, der von Kritikern
und Lesern gleichermaßen begeistert aufgenommen wurde.
Dinev wurde mehrfach ausgezeichnet, u. a. mit dem Adelbert-
von-Chamisso-Förderpreis. Dimitré Dinev lebt als freier
Schriftsteller in Wien.

Dimitré Dinev bei btb

Engelszungen. Roman (73316)

Dimitré Dinev

Ein Licht über dem Kopf

btb

Verlagsgruppe Random House FSC® N001967
Das für dieses Buch verwendete
FSC®-zertifizierte Papier *Lux Cream*
liefert Stora Enso, Finnland.

3. Auflage
Genehmigte Taschenbuchausgabe Januar 2007,
btb Verlag in der Verlagsgruppe Random House GmbH, München
Lizenzausgabe mit Genehmigung des Paul Zsolnay Verlages Wien
Copyright © 2004 by Deuticke im Paul Zsolnay Verlag Wien 2005
Umschlaggestaltung: Design Team München
Umschlagmotiv: getty images
Satz: Uhl+Massopust, Aalen
Druck und Einband: GGP Media GmbH, Pößneck
SK · Herstellung: BB
Printed in Germany
ISBN 978-3-442-73520-4

www.btb-verlag.de

Wechselbäder

Die Zeiten waren wechselhaft. Man wechselte Fahnen, Wappen und Uniformen. Man wechselte die Namen der Städte, Straßen, Schulen und Sportplätze, der Parks, Krankenhäuser und Fabriken, und wenn man keinen geeigneten Namen für die Fabriken fand, schloß man sie wieder. So schien es jedenfalls. Man wechselte sogar die Sprachen. Gestern noch wurde der Schlosser aus der Metallfabrik, der drei Hände zu haben schien und deswegen auch mit drei Orden der Arbeit belohnt worden war, mit Genosse Petrov angeredet, heute traf man den arbeitslosen Herrn Petrov auf der Straße, den Blick besorgt auf den metallfarbenen Gehsteig gerichtet, die Hände in den Hosentaschen. Nur noch zwei Hände hatte er jetzt, die dritte hatte er inzwischen verloren. Nun war er ein Herr geworden, wozu brauchte man da noch Hände, geschweige denn Arbeit. Trotzdem waren die Herren aus den Fabriken unglücklich, denn nur ihre Orden erinnerten noch daran, daß sie einmal Arbeit hatten. Doch niemand fragte sie. Man wechselte lieber weiter. Denn es galt, soviel wie möglich zu wechseln. Die Kommunisten hatten endlich ihre Macht verloren, und eine solche Gelegenheit wollte keiner verpassen, nicht einmal die Kommunisten selbst. Sie wechselten über Nacht den Namen ihrer Partei und wurden Sozialisten. Und die Volksrepublik, in der all das geschah, heißt heute plötzlich nur noch Republik Bulgarien. In wenigen Stunden hatten brave, fast nüchterne Zöllner mit blauer Farbe das Wort »Volks« vor dem Wort »Republik« auf allen Tafeln an allen Grenzübergängen übermalt. Man könnte auch sagen, mit einem Stück Himmel bedeckt. Jenem Stück Himmel vielleicht, das dem Volk von der neuen Führung versprochen worden war. Denn nirgendwohin schaute das Volk lieber als in den Himmel. Dort veränderte sich nämlich auch dauernd irgend etwas, aber dieser Wechsel war ihm vertraut. Der auf Erden nicht.

Stojan Wetrev war einer aus dem Volk. Er schaute gern ab und zu in den Himmel, aber er lebte auf Erden. Er hatte rechtzeitig die Zeiten erkannt und lieben gelernt. Denn Stojan Wetrev liebte die Abwechslung. Was er nicht schon alles in seinem Leben gewechselt hatte: Aussehen, Wohnungen, Berufe, Orte, Freunde und Frauen. Nicht einmal Stojan Wetrev hatte er immer geheißen. Er liebte eben die Abwechslung. Und die Zeiten waren dankbar. Als es keinen Zucker und kein Öl mehr gab, griff er in die Vergangenheit und holte Öl und Zucker auf den Markt. Als noch keiner in der Gegenwart D-Mark brauchte, kaufte er sie für die Zukunft. Und schon kam sie, und das Volk wollte seine wertlosen Lewa loswerden und stürmte die Banken und klopfte zornig an die Türen. Da ging Stojan zur Menge, kaufte das wertlose Geld und tröstete sie. Denn er war einer aus dem Volk. Er schaute gern ab und zu in den Himmel, aber am liebsten schaute er, was auf Erden geschah, und da gab es wieder Zucker und Öl zu kaufen. Das eine weiß wie die Wolken, das andere gelb wie die Sonne. Und eines Tages würden sie wieder genauso unerreichbar und begehrenswert sein. Das wußte Stojan. Er wußte, wann die Gegenwart billiger und wann sie teurer sein würde als die Zukunft. Denn die Zeit liebte ihn, weil er ihre Veränderungen zu schätzen wußte. Es schien, als ob sie ihm nachts all ihre Geheimnisse verriet.

Nun lebte Stojan Wetrev in Sofia, hatte drei Wechselstuben, zwei Leibwächter, einen Freund und keine Sorgen. So war es nicht immer gewesen. Er war zweiundzwanzig gewesen, hatte in einer traurigen, verregneten Stadt gelebt und eine Frau und eine traurige, verweinte Tochter gehabt. Ihr rechtes Bein war kürzer. Deswegen weinte sie. Vielleicht wollte sie mit ihren Tränen den Unterschied ausgleichen. So war sie auf die Welt gekommen, mit einem Bein, das gehen wollte, und einem, das am liebsten über der Erde schwebte, als ob ihm diese zu kalt wäre. Seine Tochter versuchte angestrengt zu gehen, seine Frau zu lachen. Er betrachtete die beiden, und von Tag zu Tag fiel es ihm schwerer, zu lachen und zu gehen. Er arbeitete damals in einer Lottostube. Er sah, wie viele das Glück suchten und wie wenige es fanden. Er sah, wie sie jedesmal voller Hoffnung kamen und wie angestrengt sie gingen, nachdem sie die Gewinnzahlen erfahren hatten. Sie hinkten beinahe. Hinkten dem Glück hinterher. So wie seine kleine Tochter Radostina. Er versuchte dann angestrengt, ihnen zuzulächeln. Fast so wie Sevda, seine Frau.

Es geschah an einem Frühlingstag. Er saß auf einer Bank, rauchte und beobachtete, wie zwei Arbeiter die Straßenschilder auswechselten und wie aus Boulevard Lenin Boulevard König Boris III. wurde. Er beobachtete, wie die Vögel sich auf dem Boulevard niederließen und die Straßenköter sich hinlegten. Vögel und Hunde kümmerte es nicht, ob sie sich auf einem Boulevard namens Lenin oder König Boris eine Ruhepause gönnten. Ihn schon. Da begriff er zum ersten Mal, daß er weder wie die Vögel noch wie ein Hund leben wollte. Er begriff, daß man jeden Tag arbeitete und trotzdem am nächsten Tag ärmer als zuvor erwachte. So waren die Zeiten. Er hatte sie erkannt. Nichts war mehr so wie zuvor. Und wahrscheinlich war es auch nie anders gewesen. Von da an liebte er die Abwechslung.

Als erstes wechselte er seine Kleidung. Statt einem Sakko zog er eine Sportjacke, statt den Schuhen Sportschuhe an. Statt in die Lottostube zu gehen, ging er zur Bank einer benachbarten Stadt. Statt seinem Gesicht trug er eine Maske, statt einem Kugelschreiber eine Pistole. Statt dem Glück hinterherzuhinken, lief er ihm mit Geld in den Händen entgegen. Die Miliz befand sich gerade in Umwandlung, aus ihr sollte die Polizei werden. An dem Tag gab es weder einen Milizionär noch einen Polizisten in der Nähe der Bank. So waren die Zeiten. Wechselhaft. Ein Glück, daß er sie so früh erkannt hatte. So hatte alles begonnen. So war er ans Geld herangekommen. Ursprünglich wollte er mit diesem Geld im Ausland eine Operation für seine Tochter bezahlen. Oder einfach einen Stapel Geldscheine unter ihr kleines Füßchen schieben, damit sie gerade stehen konnte. Aber er fuhr nicht mehr nach Hause. Er war schon in die Abwechslung verliebt.

In Wirklichkeit hieß er Vassil Gelev und hatte in einer kleinen traurigen Stadt eine Frau und eine Tochter, der ein kleines Stapelchen Geld unter ihrem rechten Füßchen fehlte, um die Erde zu erreichen. Aber was ist schon die Wirklichkeit. War denn Stojan Wetrev, der drei Wechselstuben, zwei Leibwächter, einen Freund und keine Sorgen hatte, weniger wirklich? Nein. Denn nichts war wirklicher als die Veränderung. So dachte Stojan und war zufrieden. Er liebte die Zeiten, in denen er lebte. Die Frauen liebte er auch, denn sie waren für ihn wie die Zeiten. Sie wechselten oft ihre Meinungen und Stimmungen. Er hatte mal versucht, sie zu verstehen. Es war ihm aber nicht gelungen.

»Ich liebe dich«, hatte ihm Maja, seine erste Liebe, unter den Linden des Boulevards Lenin gesagt.

»Ich liebe dich nicht«, meinte sie zwei Wochen später unter denselben Linden. Er hatte damals immer noch dasselbe Gesicht, dasselbe Herz und dieselben Gefühle, trotzdem liebte sie ihn nicht mehr. Er verstand das damals nicht. Heute dagegen wollte er die Frauen nicht mehr verstehen. Heute liebte er sie nur noch. Sie liebten ihn, dann liebten sie ihn wieder nicht. Das war alles, was er über sie wußte. Deswegen merkte er sich auch schwer ihre Namen. Er sagte auch nie einer Frau, daß er sie liebte, denn kaum war er mit ihr, liebte er schon die nächste. Denn nichts liebte Stojan Wetrev mehr als die Abwechslung.

Nun hatte er drei Wechselstuben, zwei Leibwächter und einen Freund, Trojan. Trojan hatte seinen Namen nur zweimal gewechselt. In den achtziger Jahren hatten ihn die Kommunisten dazu gezwungen, später die Umstände. Er hatte zuerst Hassan geheißen, der türkischen Minderheit angehört, aber nicht an Allah geglaubt, sondern an die helle Zukunft des Kommunismus. Die Kommunisten hatten seine Ungläubigkeit und seine marxistisch-leninistische Weltsicht geschätzt. Daran änderten sie nichts. Sie änderten nur seinen Namen. Dann hieß er Assen, war nun von der bulgarischen Mehrheit nicht mehr zu unterscheiden und glaubte weder an Gott noch an die helle Zukunft des Kommunismus. Anfang der neunziger Jahre hätte er wieder Hassan heißen dürfen. Da hieß er aber schon Trojan, denn er hatte in mehreren Dörfern der Rhodopen moslemische Frauen verführt, ihnen die Ehe versprochen und von ihren Eltern die Mitgift abkassiert. Zur Hochzeit war er aber nie erschienen. Er wurde gesucht. In einer solchen Situation will man nicht ewig Assen oder Hassan heißen. Er tauchte also in Sofia unter und lernte dort seinen zukünftigen Freund und Partner Stojan Wetrev kennen.

»Stojan, deine drei Wechselstuben machen guten Umsatz, deine Leibwächter guten Eindruck, deine Freundin Nina guten Sex. Sie ist glücklich, du auch. Aber es könnte noch besser werden. Deine nächste Freundin könnte dich noch glücklicher machen. Wir sollten uns nicht mit wenig zufriedengeben, wir sollten uns vergrößern«, sagte er eines Tages zu Stojan. Sie saßen in einer Bar. Zwei Bauchtänzerinnen setzten mit ihren Hüften die Luft um ihren Tisch in Bewegung.

»Wie heißt du?« fragte Stojan die eine.

»Galja«, sagte sie und massierte mit ihrem Hintern seinen Rücken.

Stojan zog sie an sich und spürte sofort, daß er mit Galja noch glücklicher werden würde als mit Nina.

»Stimmt. Wir sollten uns vergrößern«, sagte er zu Trojan und zog ein paar von Galjas Haaren aus seinem Mund.

»Hast du schon eine Ahnung wie?« Trojan hatte. Eine ukrainische Firma, die mit Erdgas handle, suche verläßliche Partner, unter deren Namen sie hier offiziell ein paar ihrer Geschäfte laufen lassen könne, sagte er. Man brauche nur so zu tun, als ob man mit Gas handle, und dafür kassiere man ordentlich. Stojan überlegte. Gas war unsichtbar. Er selbst sollte sein, was er nicht war und mit etwas handeln, das man nicht sah. Das gefiel ihm. Es hatte ihn nur ein bißchen irritiert, daß der letzte Partner der Ukrainer kürzlich zerteilt in fünfzehn verschiedenen Müllcontainern gefunden worden war.

»Waren es vierzehn oder fünfzehn«, wollte er sich noch vergewissern.

»Du meinst diese Müllgeschichte«, wußte Trojan sofort.

»Genau.«

»Fünfzehn. Aber ohne ein bißchen Risiko läuft heute gar nichts«, meinte Trojan. Also riskierten sie ein bißchen und gewannen viel Geld.

Die Firma Wetrev und Freund besaß jetzt mehrere Immobilienbüros, mehrere Wechselstuben und hatte mehrere Leibwächter. Etwas, was man nicht sah, machte die Firma immer reicher und reicher. Es sei das Erdgas, meinte die Firma. Aber die Beamten meinten etwas anderes und ließen sich ihre Meinungswechsel sehr teuer bezahlen. Trotzdem ging ein Jahr alles bestens. Dann bekam Stojan plötzlich von einer Frau Besuch, die er nicht kannte.

»Ich bin es, Trojan! Erkennst du mich nicht?« sagte die Frau. Stojan hatte die Frauen nie verstanden, und nun verstand er auch seinen Freund nicht.

»Etwas ist schiefgelaufen. Die Ukrainer behaupten, es

fehlen drei Millionen Dollar«, sagten Trojans geschminkte Lippen.

»Wir haben doch immer alles pünktlich überwiesen.«

»Sie behaupten es aber und wollen das Geld Ende der Woche haben. Es ist ernst.«

»Was sollen wir tun?«

»Siehst du«, zeigte Trojan auf seinen Busen. »Ich hab mir diese Silikondinger machen lassen. Ich wechsle einfach das Geschlecht, nehme meinen Anteil und verschwinde. Ich heiße jetzt übrigens Reni. Du tust am besten das gleiche. Leb wohl«, sagte Reni, bevor sie auf ihren Stöckelschuhen verschwand.

Stojan liebte die Abwechslung, aber so weit wollte er doch nicht gehen. Er ließ sich nur einen Bart wachsen und versteckte sich vorerst in einem Kloster. Jeden Tag besuchte er die Klosterkirche, betete und dachte nach. Noch vor kurzem hatte etwas, das man nicht sah, ihn immer reicher und reicher gemacht. Gott sah man auch nicht, so wie das Erdgas, also konnte man sich genauso gut auf ihn verlassen, dachte Stojan, kaufte Kerzen und zündete sie jeden Tag vor einer anderen Ikone an. Als er aber nach drei Wochen Renis Foto in der Zeitung sah und aus dem knappen Bericht darunter die Zahl der Einschußlöcher in ihrem Körper erfuhr, verließ Stojan das Kloster. Er borgte sich eine Kutte und kam als Pater Welisarij in Prag an. Dort segnete er zwei serbische Schmuggler, von denen er erfuhr, wo man gute Paßfälscher findet, kaufte sich einen italienischen Paß und reiste rasiert nach Wien weiter. Er gedachte, dort Ruhe zu finden. Aber wie konnte er, wenn er die Abwechslung liebte. In Wien veränderte sich wenig, nur ab und zu die Zigarettenpreise und die Einwanderungspolitik. Seine Arbeit als Fensterputzer war auch nicht gerade abwechslungsreich. Es gab größere und kleinere Fenster. Das war alles. Ein Jahr putzte er sie, bekam immer denselben Lohn, lebte in immer derselben kleinen Wohnung und schlief auf immer demselben kleinen Bett. Trotzdem hatte er das Gefühl, daß er nicht mehr derselbe war.

Während er sich eines Abends darüber Gedanken machte, durch die Kärntner Straße spazierte und einer Gruppe osteuropäischer Straßenmusiker zuhörte, wurde er von einer Wahrsagerin angesprochen.

»Sie sind Bulgare, nicht wahr«, sagte sie. »Viele Menschen wünschen Ihnen Böses. Sorgen, viele Sorgen haben Sie. Ich sehe eine Zahl in Ihren Augen. Fünfzehn. Geben Sie mir Ihre linke Hand.« Er gab sie ihr. Sie schaute kurz hinein und seufzte.

»Du hast deine alte Seele nicht mehr. Jemand hat sie ausgewechselt.«

»Was soll ich tun?« fragte er.

»Ich kenne jemanden, der dir helfen kann. Eine Wunderheilerin. Aber sie lebt in Bulgarien.«

»Gib mir die Adresse«, sagte er aufgeregt.

»Was gibst du mir dafür? Wieviel ist dir deine alte Seele wert?«

Er gab ihr fünfhundert Schilling.

Gut gelaunt kam Stojan in Bulgarien an. Auf einer Fahrkarte der Wiener Linien war die Adresse der Wunderheilerin zu sehen, in seinem Paß ein italienischer Name, in seinen Augen viel Hoffnung. Der Paß kam niemandem verdächtig, die Augen kamen niemandem bekannt vor. Die Adresse stimmte. Im Zimmer der Wunderheilerin lief der Fernseher. »Reich und Schön zweihundertdreiundneunzigste Episode«, hörte Stojan die Stimme des Sprechers. Das Zimmer war weder reich ausgestattet, noch schön. Nur die Fliegen, die drinnen summten, konnten leicht zweihundertdreiundneunzig sein.

»Jemand hat meine Seele ausgewechselt«, begann er. Die Wunderheilerin hörte ihn an, band einen roten Faden an seine rechte Hand und gab ihm die Adresse eines Doktors.

»Er wird dir weiterhelfen«, sagte sie und schaute weiter fern.

Doktor Ivanov war Psychiater. Die Zeiten hatten bei ihm nichts verändert. Er bekam immer noch denselben Lohn, arbeitete nach denselben Methoden und trug denselben Frust mit sich herum.

»Ich will meine alte Seele zurück. Ich bin kein Italiener, ich heiße Stojan«, begann Stojan. »Eigentlich heiße ich Vassil, aber ich habe schon viele Namen gehabt. Etwas wie Gott, etwas, das man nicht sieht, hat mich reich gemacht«, sprach er weiter.

Doktor Ivanov hörte ihn ruhig an. Noch ruhiger rief er dann zwei Sanitäter. Stojan bekam eine Spritze, einen Pyjama und ein Zimmer.

»Ich bin doch nicht verrückt!« schrie er, als er aufwachte. Er wurde mal warm, mal kalt geduscht. Je nachdem, wie laut er schrie. Danach wurde er an sein Bett gebunden. In der Psychiatrie hatte sich eben seit den glorreichen Zeiten des Kommunismus wenig geändert.

Wenn er ruhig war, durfte Stojan im Hof spazieren gehen. Er schaute dann durch das Gitter hinaus und sehnte sich nach seiner alten Seele. Irgendwo dort draußen war sie, aber sie wollte und wollte nicht mehr zu ihm zurückkehren. »Ich hatte mal drei Wechselstuben, zwei Leibwächter und einen Freund. Er war zuerst ein Mann, dann war er eine Frau. Aber ich vermisse das alles nicht. Damals war ich nicht ich. Ich heiße nämlich Vassil und habe eine schöne, lächelnde Frau und eine kleine Tochter, der nur ein kleines Stapelchen Geld unter ihrem rechten Füßchen fehlt, um die Erde zu erreichen ...«, erzählte er dann dem ersten, den er traf. »Gebt mir meine Seele zurück! Ich will meine alte Seele wieder!« schrie er und versuchte immer wieder über das Gitter zu klettern. Dann wurde er abwechselnd warm und kalt geduscht. Aber das gefiel ihm nicht. Er liebte die Abwechslung nicht mehr.

Die Handtasche

1

Polizeiinspektor Evlogi Ditschev hatte eine Seele, die verwüstet war. Zertreten von seiner Geliebten und angeödet von seiner Frau. Alles nur Staub und Asche in ihm. Und weil er damals, als die Liebe zu seiner Frau erloschen war, nicht gelitten hatte, litt er jetzt doppelt. Vera, eine Sängerin, deren Stimme ihn zum Beben und deren Unterwäsche ihn zum Beten brachte, liebte einen anderen.

Inspektor Ditschev hatte Verdacht geschöpft, als ihm der Weg zu ihrem Bett, dem Ort der Offenbarungen und des Segens, immer öfter versperrt geblieben war. Er ließ sie beschatten, forschte nach, und seine Befürchtungen wurden bestätigt. Vera traf sich mit einem jungen, mittelmäßigen Dichter.

Die Nacht, nachdem er diese schwindelerregende Nachricht erhalten hatte, begann früher als sonst. Sie begann in seinem Kopf, ging erst dann auf die Welt über und endete im Bett von Fräulein Sina. Eine Meisterin, wenn es darum ging, hereinbrechendes Dunkel in Licht zu verwandeln. »Ihre Samen waren heute sehr bitter, Herr General«, sagte Fräulein Sina. Es war der Anfang einer bitteren Zeit für Inspektor Ditschev. Seine Augen fieberten angestrengt, die Finsternis in ihm von der der Stadt zu trennen. Sein Herz irrte zwischen zwei dunklen Gegenden umher. Es schlug laut, als ob es an eine verschlossene

Tür klopfte. Sein Mund hatte den üblen Geruch von Schnaps und verwestem Glück. »Hast du wieder Magenschmerzen, Evlogi? Du sollst nicht so viel arbeiten«, sprach seine Frau bekümmert und kochte ihm Kräutertees. Aber seine Ohren waren taub für ihre Worte. Sie kamen zu ihm wie in Pantoffeln und hatten, genau wie ihre Beine, alles Aufregende verloren. Evlogi trank schweigend Flüssigkeiten, die alles heilen konnten, nur nicht die immer größer werdende Sehnsucht nach Vera. Die Sehnsucht betäubte ihn. Sie zwang ihn, abends das Haus zu verlassen und durch die von Regen und Pferdekot verdreckten Straßen Sofias zu irren. Sie zwang ihn, seine Schritte an vielen offenen Kutschentüren vorbei, bis vor das gleißendhelle Portal eines Lokals zu lenken, vor dem sich der Portier vor ihm und seinem Leid verbeugte, weil er vom Kummer der Reichen und Mächtigen lebte. Sie zwang ihn, Trinkgeld zu geben, das Haus zu betreten, sich an einen Tisch zu setzen und Champagner zu bestellen. Seine Stiefel mit Kot verklebt, sein Inneres vom Regen aufgeweicht. In diesem Lokal sang Vera. In ihrem schwarzen Kleid begrub er seine Sehnsucht. Ihre roten Haare weckten sein Blut. Ihre weiße Haut verwischte die Schatten. Ihre grünen Augen versprachen die keimenden Wunder nie erlebter Frühlinge. Vera ließ sich nichts anmerken. Sie war nett zu ihm. Sie ließ sich neben ihm nieder. Sie schaute ihm in die Augen und trank Champagner mit ihm. Sie empfing ihn weiter in ihrem Zimmer, sie empfing seine Geschenke, auch seine Zärtlichkeiten, nur seine Samen empfing sie immer seltener. Die empfing Fräulein Sina in ihrem nach künstlichem Frühling riechenden Zimmer. Sie empfing die kleinen, bitteren Wahrheiten einer zerschlagenen Seele. Sie fragte nicht. Unter falschem Namen bot sie alle verbotenen Lüste unechter Jahreszeiten. Ein Polizeiinspektor war wie ein Segen für sie, und ihr Geschäft gedieh. Ein großer Kummer trieb ihn zu ihr, deren Größe und Herkunft sie nicht zu ergründen versuchte. Er fand bei ihr die beständige Wärme und Heiterkeit eines für ihn erfundenen Frühlings. Der Inspektor kam, ergoß sich und zog wie die Wolken weiter. Gemildert und gelichtet, aber noch immer von einem unsichtbaren Unglück getrieben. Sina war die Dankbarkeit des Ackers. Er sehnte sich aber nach einem verlorenen Himmel. Ein Himmel, den jetzt ein anderer bestieg. Unglückliche Zeiten hatte Polizeiinspektor Evlogi Ditschev durchgemacht. Besorgniserregend war seine Erscheinung. Aber heute, den 20. Mai 1925, wurde sein Körper, dieser Ort der Enttäuschung, des Sodbrennens und des Mißtrauens zum ersten Mal seit drei Monaten, zwei Wochen und sechs Tagen von einer freudigen Erregung durchflutet.

Zwei Geburtstagsdaten hatte sich Inspektor Ditschev in seinem Leben gemerkt. Das des Königs Boris III. von Bulgarien und das seiner Geliebten. Heute hatte Vera Geburtstag. Er war frühmorgens aufgestanden, um ihr Geschenk abzuholen. Er hatte es vor einer Woche beim besten Meister bestellt. Er hatte graue Haare, einen weißen Schnurrbart, schwarze Augen und schwarze Finger, die wie Augen zu sehen schienen. Augen und Finger, beide von derselben schwarzen Farbe. Die einen vom Anstarren einer Welt, die die anderen gezeichnet hatten.

»Schaffen Sie es in einer Woche, Meister?« hatte der Inspektor ihn gefragt und ihm das Material gezeigt. Der Meister hatte sich an den Schnurrbart gegriffen, seine schwarzen Finger hatten sich eine Weile mit dem Schnurrbart unterhalten und seine Augen mit dem Material.

»Schrecklich«, war unter dem weißen Vorhang vor seinen Lippen hervorgekommen.

»Wie bitte?« war der Inspektor überrascht.

»Sie müssen die Frau schrecklich lieben«, hatte der Meister darauf erklärt.

»So ist es«, antwortete Inspektor Ditschev, ausgeliefert, wie bei einem Verhör.

»Kommen Sie in einer Woche wieder. Sie wird fertig sein«, hatte der Meister gesagt und seine schwarzen Finger in Inspektor Ditschevs Hand gedrückt. Jetzt stand der Inspektor wieder vor ihm, und freudige Erregung ging durch seinen Körper. Die schwarzen Finger hatten ihn nicht enttäuscht. In der Werkstatt, auf deren Boden sich Staub und Lichtflecken mischten, deren säuerliche Luft, von unermüdlichen Fliegen gehetzt, gegen die Fenster drückte und das Glas gelb verfärbte, in dieser dreckigen Werkstatt stand nun auf einem Tisch die schönste Handtasche, die Inspektor Evlogi Ditschev je gesehen hatte. Ihr schwarzes Lackleder war wie in süßliches Licht getaucht. Ihr goldener Verschluß war ein waches, alle versteckten Winkel erfassendes Auge. Zahllose Fliegen summten feierlich um sie herum. Die Tasche stand da wie eine überirdische Fliege. Sie war ihre Königin, die gekommen war, um die armen Verwandten nur kurz zu besuchen. Inspektor Ditschev hatte das Gefühl, sie würde ihm wegfliegen, wenn er sie nicht gleich packen würde. Er packte sie.

»Bravo, Meister«, schrie er fast, »Ihre Hände sind Gold wert.«

»Es war nicht schwer. Das Leder war gut. Mit so gutem

Leder hab ich noch nie gearbeitet. Es ließ alles mit sich machen.«

»Es hat mich auch sehr viel gekostet.«

»Eine solche Liebe ist jeden Preis wert.«

»Ganz recht, Meister, ganz recht«, sagte der Inspektor, bezahlte großzügig und ging hinaus auf die Straße, die Tasche wie einen gestohlenen Flügel an seine Brust gepreßt. Sonnig war der Tag, leicht war sein Schritt, hell waren seine Gedanken. Als er an der Kirche der Heiligen Nedelja vorbeikam, blieb er kurz stehen und bekreuzigte sich und die schwarze Handtasche. Die Kirche war erst vor kurzem bei einen Anschlag beschädigt worden. Gut hatte sich alles gefügt, gut hatte es Gott mit dem Inspektor gemeint, sehr gut, als er im April zugelassen hatte, daß kommunistische Attentäter eine Bombe in sein Haus legten. Die gesamte Regierung war beim Gottesdienst versammelt, denn es war die Totenmesse für General Georgiev, der zwei Tage zuvor vor einer anderen Kirche, wieder war es Gottes Wille, erschossen worden war. Minister, Generäle, Parlamentarier, die ganze Elite Sofias saß in der Kirche, Schulter an Schulter, als die Bombe explodierte. Dach und Decke stürzten auf die Häupter des Staates. Die Decke, mit dem segnenden Jesus. Ein Jesus aus Stein, Staub und Ziegeln stieg zu der Regierung herab. Gesegnet hatte er sie schon, jetzt wollte er sie umarmen. Schwer und kräftig seine Umarmung. Es starben Generäle und viele andere hohe Offiziere. Es starb der Bürgermeister und der Polizeichef, aber kein Minister. So wollte es Gott. Hundertsechzig Leute hatte Jesus fest in seine Arme geschlossen. Danach begann die schönste Zeit des Inspektors. Die Zeit der Massenarreste. Inspektor Ditschev hatte Gott vergessen, aber Gott ihn nicht. Er ließ ihn sogar selbst den Allmächtigen spielen. Er war ein guter Kumpel. Jeden konnte der Inspektor nun beim kleinsten Verdacht festnehmen und ihn dann leben oder verschwinden lassen. Denn die Ordnung des Landes war oberstes Gebot. Also nahm er so viele Verdächtige wie möglich fest, darunter auch den Mann, in den sich seine Vera, wahrscheinlich aus einer Laune heraus, verliebt hatte.

Ein zweiundzwanzigjähriger mittelmäßiger Dichter. Ein an seiner Armut gescheiterter Student. Was konnte so einer seiner Vera schon bieten, außer Elend und Jammer. Inspektor Ditschev ließ gleich seine ganze Clique festnehmen. Zwölf an der Zahl. Zwölf junge Männer, keiner älter als dreiundzwanzig. Zwölf junge Träumer voll Kraft und neuer Ideen. Wie sehr er diese jungen Männer haßte. Ihre unverbrauchten Körper, ihr Lachen, ihren Enthusiasmus, ihre aufreizende Naivität. Alles haßte er an ihnen. Was hatten sie schon von der Welt gesehen? Was wußten sie schon vom Leben? Manche hatten noch nicht einmal eine Frau geküßt. Die meisten noch nie mit einer geschlafen. Eigentlich alle, außer einem. Nun waren sie in seinen Händen. Elf jungfräuliche Männer und ein mittelmäßiger Dichter. Klar, daß sie nichts mit dem Attentat zu tun hatten. Klar aber auch, daß sie mit der Linken sympathisierten. Jetzt konnte Inspektor Ditschev mit ihnen machen, was er wollte. Er hatte das Beste daraus gemacht. Das Beste und das Schönste. Er hatte eine Handtasche aus ihnen gemacht.

Er ließ sie zuerst erwürgen. Er hatte schon größere Dichter erledigen und unschuldigere Menschen hinrichten lassen. Danach ließ er ihnen die Haut vom Rücken ziehen und zu Leder verarbeiten. So einfach war das. So zum allgemeinen Nutzen hatte der Inspektor alles gelöst. Und er hatte sich solche Sorgen gemacht.

»Gutes, sehr gutes Leder«, meinte der Meister.

»Klar ist es gut, alles ist jetzt gut«, dachte der Inspektor, die schwarze Tasche an die Brust gepreßt. Sein Herz schlug munter, seine Gedanken waren geordnet. Wie gut sich plötzlich alles gefügt hatte, und wie sehr sich seine Geliebte über ein solches Geschenk freuen würde. Eine solche Tasche bekam man nicht einmal in Paris.

Er hatte sich nicht geirrt. Er kannte sie gut. Vera war an dem Abend sehr beglückt und sehr nett zu ihm. Sie küßte seine Augen, biß in seine Lippen, spielte mit seinen Ohren und seinen Brusthaaren und versteckte ihre Scham hinter der Handtasche, von der sie sich nicht mehr trennen wollte. Und, nackt wie sie war, setzte sie sich auf seinen Schoß und begann, ihm eine lange Reihe von Zärtlichkeiten zuzuflüstern. Zwischendurch erwähnte sie, ohne den schmeichelnden, sanften Ton zu wechseln, einen Cousin, einen Dichter, der irrtümlich verhaftet worden sei. Ob er ein guter Dichter sei, wisse sie nicht. Aber sie wisse, daß er ein völlig harmloses kleines Dummchen sei, das zwar allen möglichen Unsinn lese, aber sicher nie einer Partei, geschweige denn einer Terrorgruppe angehört habe. Er hätte nicht einmal den Mut, ein Huhn zu schlachten. Das wisse sie sehr gut, weil sie seine Mutter kenne. Könne ihr der allerliebste, allermächtigste Inspektor eine Bitte, eine winzigkleine Bitte erfüllen, und diesen armen Narren von einem Cousin freilassen?

»Du weißt, Begehrteste, daß ich alles, wirklich alles für ihn tun würde«, sagte ihr der Inspektor mit erregter Stimme, in die die ganze bittere Erfahrung und der ganze

Triumph eines dreiundfünfzigjährigen Lebens verschmolzen waren. Er sagte es und spürte, wie seine Hosen naß wurden. Er war gekommen. Er war wieder im Himmel. Er war bei Vera. Sie nahm die Tasche von ihrer Scham und sprang lächelnd ins Bett. Er stieg zu ihr. Stärker als zwölf junge Männer, unermüdlicher als eine Fliege, die gegen ein Fenster stößt, hart wie eine einstürzende Decke. Inspektor Evlogi Ditschev erlebte die unsterblichste Nacht seines Lebens.

Als er am Morgen nach Hause marschierte, stolz auf seine zerkratzte Haut und den bewundernden Blick, den ihm Vera vor dem Weggehen geschenkt hatte, pfiff Inspektor Ditschev. Er ließ seine Schuhe von einem noch schlaftrunkenen Schuhputzer glänzen und beschenkte ihn so reichlich, daß dieser sich nicht einmal wunderte, denn er glaubte, noch nicht erwacht zu sein. Der Herr Inspektor kaufte sogar Blumen für seine Frau. So voller Güte war er an diesem Morgen. Natürlich, denn er kam aus dem Himmel. Da darf man schon Blumen bringen. Und weil er von dort kam, vom schönsten aller Orte, bemerkte er den abgemagerten jungen Bettler erst, als dieser drei Schritte vor ihm stand. Seine Hosen, wahrscheinlich von einem älteren, besser ernährten Bruder geerbt, waren mit einem Seil um seinen Bauch gebunden. Vielleicht war dieser Bruder schon tot. So ist es in armen Familien. Sie kaufen Kleider nur für das erste Kind. Das Gesicht dieses Bettlers war auch schon von einer Krankheit gezeichnet. Man merkte es, trotz des verwilderten Bartes. Der Bart lebte, er sproß kräftig in alle Richtungen, aber es war das Leben des Grases über einem vergessenen Grab. In seinen hellen Augen fieberte immer noch der Hunger des gestrigen

Tages. Aufdringlich, frech, durchbohrend wie frostiger Wind. Aus seinem zerlumpten, nur vom Regen gewaschenen Hemd stieg der Geruch eines frisch gemähten Feldes. Das Hemd wirkte aber weiß, viel weißer als ein frisch gewaschenes Hemd. Seltsam, sehr seltsam für das erfahrene Auge des Inspektors. Aber was soll's. Der Bettler war einer der Menschen, die wie die Vögel lebten. Einer von denen, um die sich nur Gott kümmerte. Aber Gott war gnädig, das wußte der Herr Inspektor. Er hatte auch ihn nicht im Stich gelassen. Der Inspektor griff nach seiner Geldbörse. Der Bettler streckte ihm seine rechte Hand entgegen, in der er einen Gegenstand hielt. Er war in altes Zeitungspapier gewickelt. Der Inspektor konnte sogar die Nachrichten darauf lesen. Alte Nachrichten, an die sich kaum noch jemand erinnerte. »Im Namen des Volkes«, hörte er die Stimme des Bettlers. Eine junge, mächtige Stimme. Der Bettler war jung, aber dieser junge Mann weckte den Haß des Inspektors nicht. Kurz darauf knallte es aus der Zeitung. Vier Nachrichten kamen aus ihrem Inneren und bohrten sich in Inspektor Ditschevs Körper. Vier alte, schon längst vergessene Nachrichten. Er berührte mit dem Rücken eine frisch gekalkte Mauer und sank auf den Gehsteig. Seinen Rücken an die Mauer gelehnt, sah er zuerst den Glanz seiner frisch gewachsten Schuhe, danach die nackten Füße des Bettlers. Die Nägel seiner Füße waren wie Krallen nach vorne gebogen. »Du bist ja ein Vogel«, sagte er belustigt. Danach wurde er von einer mitreißenden Vergangenheit erfaßt, die ihm weder Zeit ließ an Vera, noch an etwas anderes zu denken. Sein Kopf sank, sein lebloser Blick war auf eine große und sehr dunkle Seite einer Zeitung gerichtet. Der Rest war Vergessen.

Inspektor Evlogi Ditschev wurde mit großen Ehren beigesetzt. Es war ein heißer, trockener Tag. Feucht waren nur die Augen seiner Frau und die des Fräuleins Sina. Sie ging am Ende der Prozession, auf einen ihrer geduldigsten Freier gestützt. Fräulein Sina weinte. So oft hatte sie Inspektor Ditschevs bittere Samen empfangen. Zu seinen Lebzeiten war sie seine Erde gewesen, nun brauchte er sie nicht mehr. Er hatte eine andere gefunden. Eifersüchtig war Fräulein Sina auf diese Erde, die ihr schon so viele Kunden genommen hatte, immer nur die besten. Gierige, unbarmherzige Rivalin, mit der sich keiner messen konnte. Letztendlich kriegte sie alle. Bittere Tränen weinte Fräulein Sina, Tränen, die die Erde nicht erweichen konnten. Vera erschien nicht. Der Himmel war sie für ihn gewesen. Immer fern, jetzt noch ferner und unerreichbarer als sonst. Wo blieb denn sein Himmel? Wo war er?

In den darauffolgenden Tagen sah man eine reizende junge Dame mit einer eleganten schwarzen Lackledertasche in der Hand immer öfter die Polizeigebäude der Stadt betreten und wieder verlassen. Die Wachen hatten Mühe, nicht gleich vor ihr auf die Knie zu fallen. Die Polizeibeamten, die ihr in den Korridoren begegneten, blieben für den Rest des Tages unkonzentriert und vergeßlich. Trotzdem konnte ihr keiner helfen. Die junge Dame, die ihre Fingernägel bei jeder Antwort, die sie erhielt, immer tiefer in das Leder ihrer Tasche bohrte, war Vera. Sie suchte ihren Geliebten. Sie fand und fand ihn aber nicht. Er war wie vom Boden verschluckt. Mitsamt allen seinen Freunden. Sie gab ihm die Schuld. Sie glaubte, daß er geflüchtet wäre. So ist es mit den Dichtern. Sie begann, ihn zu hassen, seine Gedichte noch mehr. Schöne Lügen, dumme Lügen, ganz schön dumm sei sie gewesen, ihm zu glauben. Letztendlich auch ein Mann wie alle. Und die standen Schlange vor ihrer Tür. Trotzdem weinte sie weiter, trotzdem suchte sie weiter. Sie gab die Arbeit in dem Lokal auf. Sie sang nicht mehr. Was hielt sie denn noch in dieser dreckigen Stadt? Jemand, den sie nicht fand? Ein Verschwundener, ein Verlorener, ein Nichts? Ein schwachsinniges Weib war aus ihr geworden? Zwei Monate waren vergangen, und keine Spur von ihrem Geliebten. Dafür viele Spuren in ihrem Gesicht. Verärgert steckte sie den kleinen Spiegel in die Tasche. Wenn sie gewußt hätte, wie nahe sie ihm die ganze Zeit über gewesen war. Aber sie wußte es nicht.

»Was für eine wunderschöne Tasche Sie haben, Madame«, hörte sie die glattrasierte Stimme eines Händlers. Was machte sie überhaupt in diesem Geschäft?

»Wieviel geben Sie mir dafür?« sagte sie wie aus einem Traum.

»Ich wollte nicht ... vielleicht ist sie mit wertvollen Erinnerungen verbunden.«

»Gar keine Erinnerungen«, sagte sie. »Der Preis muß stimmen. So eine Tasche gibt es in der ganzen Stadt nicht noch einmal.«

Kurz darauf verließ sie selbstzufrieden das Geschäft. Zumindest für etwas war dieser Idiot von Polizeiinspektor gut gewesen, dachte sie. Eine Frechheit, sich so blöde erschießen zu lassen! Wäre er noch am Leben, hätte er ihn gefunden. Gott sei ihm gnädig. Gott sei beiden gnädig. Sie lief nach Hause.

Sie verkaufte, was sie nur konnte, und saß zwei Tage

später schon im Zug nach Paris. Am Himmel keine einzige Wolke, in ihren Augen keine Träne, in ihrem Koffer kein Gedicht.

2

Noch nie war Michal Halata so schnell wie heute nacht geritten. Noch nie, seit dem Tag, an dem er zum ersten Mal vierundzwanzig Stunden lang den Geruch von Pferdeschweiß und Pferdepisse hatte einatmen müssen. Niemand verfolgte ihn, und er verfolgte niemanden. Trotzdem ritt er schnell. Michal Halata war ein Pferdedieb. Im Südosten Bulgariens als Pferdehändler bekannt und als Taufpate gefragt, im Rest des Landes als Pferdedieb gesucht. Michal war ein teuflisch guter, ein begnadeter Reiter. Manche erzählten, seine Mutter habe ihn vom Pferd des Heiligen Georgi empfangen oder vom Heiligen Georgi selbst. Die anderen dagegen meinten, sein Vater sei ein gewöhnlicher Hengst gewesen. So uneinig waren sich eben die Leute. Michals Vater hieß tatsächlich Georgi, kam zu Pferd geritten und hatte oft mit Heiligen zu tun, weil er Kirchen plünderte. Er hatte Michals Mutter geraubt, geliebt, ganze zwei Wochen mit ihr gelebt und sie dann in einem Gebüsch liegengelassen. Neben ihr einen Beutel mit vier silbernen Kerzenständern. Sie brachte Michal in einem Pferdestall zur Welt. Ihre Eltern hatten sie des Hauses verwiesen. Sie zog umher, bat um Geld vor den offenen Türen der Kirchen und um Verzeihung vor der verschlossenen Türe ihres Vaters. Geld bekam sie. Die Unbekannten waren gnädiger.

Das Kind war fünf Jahre alt, als sie es auf dem Markt-platz einer großen Stadt auf den Boden setzte, ihm ein Stück Brot in die Hand gab, es war gewürzt mit ein paar ihrer Tränen, und für den Rest seines Lebens verschwand. Michal aß das Brot, schmeckte ihre Tränen und wurde erwachsen.

Er sah sich die Waren auf dem Markt an, sog die Gerüche ein, hörte die unterschiedlichsten Geräusche und entdeckte, daß man an den zahllosen Ständen vieles kaufen konnte, nur keine Mutter. Michal hatte vieles, was eine Mutter braucht, schon gefunden: Ohrringe, Halsketten, Armbänder, bunte Kopftücher. Er wollte etwas davon für die Mutter nehmen, aber dazu brauchte er ihre Ohren, ihren Hals und ihre Hände, und die fand er und fand er nicht mehr. Langsam verließen die Verkäufer den Markt und an ihrer Stelle kam die Nacht. Sie bot Michal ein Stück abgebissenen Mond und rund um ihn zerbröselte Sterne, und während sie all das auspackte, kam auch ein kühler, feuchter Wind auf. Das gefiel Michal weniger. Ohne Dach über dem Kopf hatte er oft übernachtet, aber nicht ohne Mutter. Kalt war es ohne sie, und wo sollte er jetzt eine Mutter finden, wo er bei Tag keine gefunden hatte. Also schaute er sich noch einmal die Händler an, die auf dem Markt übernachteten und legte sich schließlich unter die Decke eines besoffenen Hufeisenverkäufers. Der Mann schnarchte und stank, aber er war warm wie Michals Mutter, und genau wie sie sprach er im Schlaf von silbernen Kerzenleuchtern. Mit dem Gedanken, ihm morgen ein Armband zu schenken, schlief Michal ein. Der Morgen war noch nicht ganz da, ein paar Hähne riefen ihn gerade und Michal war noch schlaftrunken, als er gemeinsam mit zwei Eselhufeisen an einen hustenden Zigeuner verkauft wurde. Halb im Schlaf wurde Michal zu einem Karren geführt. Vor dem Karren zwei dürre, geduldige Pferde, auf dem Karren eine dürre, ungeduldige Frau.

»Du bist fortgegangen, um einen alten Esel zu kaufen, und was bringst du mir? Solche wie den haben wir selber genug!« schrie die Frau. Die Pferde schwiegen. Aus dem Inneren des Karrens wuchsen fünf geschorene Köpfe. Ein sechster, größerer wuchs ihnen nach.

»Sus, Weib! Sei still! Wir werden viel Geld mit ihm verdienen«, sagte der Zigeuner und nieste. Michal nahm im Karren Platz und wurde gleichzeitig von sechs Seiten gezwickt. Er war aufgewacht. Sechs Stimmen kicherten, eine Peitsche nieste laut, der Karren fuhr.

Mit sechs saß er schon auf dem Pferd, mit zehn wurde er in Dobrudza als Pferdeknecht an einen Großgrundbesitzer verkauft, mit fünfzehn war er Pferdehirt. Manchmal dachte Michal an seine Mutter. Slava war ihr Name. Er spürte dann das Salz ihrer Tränen in seinem Magen und wollte trinken. Er besoff sich im Freien unter den Pferden. Die jungen Hengste waren unzufrieden mit ihm, die jungen Stuten beleidigt. Nur die alten Pferde verstanden, was er tat, und ließen sich weiter von ihm streicheln, beschimpfen, schlagen und reiten. Er ritt sie wild und so lange, bis sich sein Schweiß mit dem ihren mischte. Viel Salz war in ihm. Er wollte es los werden. Die Pferde wußten, die Liebe braucht das Salz zweier Körper und schwitzten mit ihm. So sehr liebten sie ihn. Der Großgrundbesitzer, Spiro war sein Name, liebte ihn auch. Michal war der beste Pferdehirt und Züchter, den er je gesehen hatte. Er hatte Großes mit ihm vor, aber etwas noch Größeres kam ihm dazwischen. Der Krieg. Michal wurde einberufen. Spiro gab ihm sein bestes Pferd und begleitete ihn bis zu einem Maisfeld. Knapp hinter dem Feld endete sein Besitz und begann eine Welt, die den anderen gehörte. Dort blieb er stehen und bekreuzigte Michal so, als ob er eine Peitsche schwang.

Michal war ein guter Reiter. Er ritt im ersten Balkankrieg, danach auch im zweiten. Der dritte Krieg, in dem er ritt, war ein Weltkrieg. Die große Welt, die den anderen gehörte und die knapp hinter Spiros Maisfeld begann, lag im Krieg und Michal ritt ihr entgegen. Im Laufe der Jahre wurde sein Körper von drei türkischen Kugeln und zwei rumänischen Granatsplittern getroffen. Ein griechisches Bajonett hatte sich in seine Hüfte gebohrt, ein serbischer Säbel seine linke Augenbraue entzweit. Den ersten und den zweiten Balkankrieg hatte Michal überlebt, nun lebte der Balkan in ihm. Eine unverheilte Wunde unter vielen Narben. Kaum verschlechterte sich das Wetter, tat sie von neuem weh. Eine lästige Sache, der Balkan, aber Michal blieb ihm nichts schuldig. Er hatte Türken, Serben und Rumänen verletzt und getötet. Im Weltkrieg lernte er nun Franzosen kennen. Die tötete er auch. Deutschen war er ebenfalls begegnet, aber die tötete er nicht. Sie waren Verbündete. Er beneidete sie, weil sie so gut ernährt und gekleidet waren, während er barfuß und mit nichts als Salz im Magen stürmen mußte. Von einem deutschen Soldaten erhofften sich die Leute vieles, Michal dagegen nur ein Stück Brot.

In den drei Kriegen hatte Michal alle Auszeichnungen erhalten, die ein bulgarischer Soldat bekommen kann.

Zuletzt bekam er auch noch die Cholera. Die Erde wollte ihn und rief ihn zu sich. Ein Maisfeld rief ihn. Dorthin, wo die Welt nicht mehr den anderen gehörte. Ein Monat schwitzte er, als ob er auf dem Rücken eines Pferdes dorthin unterwegs wäre. So überlebte er. Aber danach wußte er nicht mehr wohin. Dobrudza gehörte jetzt zu Rumänien. Dort waren die Pferde, der Gutshof, das Maisfeld und sein Herr Spiro. Der einzige Mensch, der noch an ihn dachte, befand sich außerhalb der Grenzen seines Landes.

Michal hatte kein Haus, kein Geld. Er hatte nur viele Orden. Wütend ging er ins Verteidigungsministerium, wo er einem Beamten seine Orden und seine Armut vorlegte. Er bekam Lob und viele gute Ratschläge, aber keine Rente. Helden gäbe es genug, Geld dagegen keines. Zornig verließ er das Ministerium. Oft war sein Körper verletzt worden, jetzt auch seine Seele. Schmerzhaft der Balkan. Selbst sein Inneres hatte er nicht verschont. Eine neue Wunde gesellte sich zu den anderen. Dieses Mal bekam er sie von den eigenen Leuten. Sie schmerzte am meisten.

Michals Enttäuschung war groß, aber sein Hunger noch größer. Michal suchte Arbeit. Die fand man nicht leicht. Er erinnerte sich, wie er einst seine Mutter gesucht hatte. Der Markt war groß, laut und bunt gewesen, er einsam und hungrig, und es war kalt. Jetzt war er in Sofia. Die Stadt war noch größer, lauter und bunter, er noch einsamer, noch hungriger. Damals war er erwachsen geworden, heute dagegen fühlte er sich klein. Seltsam kam ihm das Leben vor. Seltsam, daß Arbeit so schwer zu finden war. So schwer wie eine verschollene Mutter. Ihm wurde kalt. Er war müde. Seine Schritte waren unsicher und standen sich im Weg wie schielende Augen. Seit vier Tagen hatte er nichts gegessen außer Zwiebeln. Sein braunes Soldatengewand war an vielen Stellen zerrissen wie eine Zwiebel, die man zu schälen begonnen hatte. Darunter, weiß und säuerlich, zeigte sich Michals Fleisch. Er wollte schlafen, nur schlafen. »Ein Stück Brot, eine Decke, ein Hufeisenverkäufer«, dachte er. Dann hörte er auf zu denken und begann von neuem: »Ein Brot, ein Hufeisen …« Er hätte gern mehr gedacht, aber er hatte seit Tagen nur Zwiebel gegessen. Michal wollte sich schon einfach irgendwo hinlegen, als ihn die Kälte von sechs Seiten zwickte. Er erwachte. Vor ihm stand ein Kutscher. Seine Füße steckten in fetten, glänzenden Stiefeln, sein Gesicht in fetter, glänzender Haut. Die gewölbte Melone auf seinem Kopf wirkte wie ein zweiter Bauch. In seiner Linken hielt er ein Stück Speck, von dem er dünne Streifen schnitt, die langsam unter seinem blonden Schnurrbart wie unter einem Strohdach verschwanden. Man hatte das Gefühl, daß er unter diesem Dach alles unterbringen konnte. Auch die zwei gleichgültigen Schimmel, die vor seine Kutsche gespannt waren.

»Was glotzt du so?!« wollte er von Michal wissen.

»Schöne Pferde«, sagte Michal, »nur daß das eine bald hinken wird, wenn du ihm nicht ein paar Wochen Pause gönnst.«

»Sie kriegen genug zu fressen, also müssen sie arbeiten.«

»Wechsle zumindest sein Hufeisen. Vorne rechts«, zeigte Michal auf den linken Schimmel. Der Schimmel verstand ihn, schnappte und flüsterte seinem Kollegen etwas zu.

»Noch was, du Besserwisser?« hob sich das Strohdach wieder.

»Ich will eine Wette mit dir schließen. Ich wette, daß ich, wenn ich diesen Schimmel reite, dein Stück Speck vom Boden holen kann. Du darfst aber nichts mehr davon abschneiden. Wenn ich es schaffe, bekomme ich den Speck und dazu ein Brot«, sagte Michal schnell.

»Und was bekomme ich?« interessierte sich der Kutscher.

»Ich beschlage auf meine Kosten dein Pferd.«

»Verpiß dich, du hast nicht einmal den Schatten einer Münze bei dir.«

»Ich zahle für den Herrn«, meldete sich ein gutgekleideter Mann, der gerade die Kutsche besteigen wollte.

Ein blühender Blick verjüngte sein Gesicht, eine weiße Rose sproß aus dem Aufschlag seines grauen Mantels und erfrischte ihn. Aus dem Inneren seiner Hand wuchs neugierig ein Geldschein, die Wurzeln noch tief in das braune Leder des Handschuhs geschlagen.

»Na gut, aber nur ein Versuch«, sagte der Kutscher und spannte das Pferd aus.

Michal wartete nicht lange. Er sprang auf das Pferd und holte sich den Speck so schnell, daß die Menge, die sich inzwischen angesammelt hatte, enttäuscht war.

»Willst du für mich arbeiten?« hörte er, während er in den Speck biß. Vor ihm eine weiße, blühende Rose, zwei braune Handschuhe, ein Geldschein.

»Ja«, sagte Michal und pflückte den Schein.

»Cancelli. Marco Cancelli. Direktor des Zirkus Globus«, stellte sich der Mann vor.

Und Michal arbeitete für den Zirkus Globus.

Er, der durch drei Kriege geritten war, ritt jetzt im Kreis in einer Manege. Früher hatte er den Menschen Angst und Schrecken eingejagt, jetzt amüsierte er sie. Er zeigte Kunststücke auf seinem Pferd und schwang die Peitsche so leicht und kunstvoll, als ob er jemanden bekreuzigen würde. In der Mitte der Manege stand eine Frau. Mit ausgestreckten Armen hielt sie eine alte Zeitung vor sich, als ob sie damit ihre spärliche Kleidung verdecken wollte. Eine Zeitung, die immer noch von den Heldentaten des Krieges berichtete. Während Michal im Galopp um sie herumflog, schlug er mit der Peitsche in die Luft und entzweite das Blatt. Die Frau behielt nur die eine der verbliebenen Hälften und hielt sie erneut vor sich hin. Die Blätter wurden immer kleiner, sie immer nackter. Zum Schluß hielt sie ein Stück Papier in Händen, das kleiner war als eine Frontpostkarte. Das Publikum hielt den Atem an. Michal beruhigte sein Pferd und hob die Peitsche. Man hörte ein Sausen und sah, daß auch dieses Stück in zwei Teile zerfiel. Das Publikum klatschte. Michal verbeugte sich. Die Orden, die auf seinem blauen Kittel glänzten, hielt man für Dekoration, aber an seiner Tapferkeit zweifelte keiner. Die Leute sprachen von ihm. Michal Halata, der Drache, der Sturm, so nannten sie ihn. Zufrieden war er mit der Arbeit trotzdem nicht. Er verdiente schlecht. Der Zirkusbesitzer benutzte Michal, um seine Geliebten, drei weibliche und einen männlichen, zu finanzieren. Als Michal davon erfuhr, ging er zu ihm und vergaß nicht, seine Peitsche mitzunehmen. Danach verließ er den Zirkus, auf dem Rücken eines Pferdes. Es war an der Zeit, dachte er, seine Fähigkeiten für sich selbst zu nutzen. Er steckte seine Orden in einen kleinen Beutel, band ihn wie ein Medaillon um seinen Hals und wurde Pferdedieb.

Die Zeiten waren gut, weil sich die Polizei nun vor allem

mit politischen Verbrechern herumzuschlagen hatte. Anfang der Zwanzigerjahre hatte Michal endlich Geld verdient. Viel Geld. Er kaufte sich ein Haus in Südostbulgarien und hatte vor, sich dort eines Tages zur Ruhe zu setzen.

In einer milden Septembernacht des Jahres 1926 glaubte Michal Halata nun endlich, einer ruhigen Zukunft entgegenzureiten. Michal ritt schnell und lächelte dabei. Er ritt zu seiner Geliebten. Er, der sonst nur Pferde und den Wind geliebt hatte, liebte jetzt eine Frau. Stärker als alle Pferde und Winde zusammen. Frauen hatte er schon gehabt, er hatte sie auch geritten, nur geliebt hatte er sie stets weniger als seine Pferde. Nie hätte er gedacht, er würde je ein Pferd ermüden, um schneller bei einer Frau zu sein. Jetzt tat er es. Zum ersten Mal in seinem Leben war er verliebt.

Er hatte den Tag in Sofia verbracht, wo er einem Oberst ein Pferd verkaufte. Nun wollte er ein teures Geschenk für sein Mädchen besorgen. Er öffnete die Tür eines Ladens, und sofort fiel sein Blick auf eine schwarze Lackledertasche. Es war dieselbe Tasche, die Polizeiinspektor Ditschev ein Jahr zuvor anfertigen hatte lassen. War es das Leid der Männer, aus deren Haut die Tasche gefertigt war, oder die Eleganz ihres Schnitts, was ihn so sehr an sie fesselte? Er konnte seinen Blick nicht mehr von der Tasche wenden. Sie stand da, sinnlos schön in dieser Welt der Not und des Leidens, überflüssig wie ein Tapferkeitsorden. Er fühlte etwas Verwandtes, schmerzlich Unheilbares und wußte gleich, daß diese Tasche nur dafür geschaffen war, seiner Geliebten zu gehören. Er zahlte, was der Händler von ihm verlangte.

Michals Geliebte lebte in der Nähe der Stadt Jambol. Sie war siebzehn Jahre alt und hieß Ronjam. Ihr Name war kurdisch, ihr Glaube christlich, ihre Eltern Zigeuner. Die Männer sprachen von ihr, aber auch die Frauen. Beide wollten sie in ihren Häusern oder Zelten haben, beide dachten an sie. Die einen bei Tag, die anderen bei Nacht. Aber sie dachte nur an Michal Halata. Bei Tag und Nacht dachte sie an ihn. Mit dem ganzen Salz ihres Körpers. Ein großes stürmisches Meer versteckte sich hinter ihrer Jungfräulichkeit. Sie wollte es Michal bis zum letzten Tropfen schenken. Vor einem Monat hatte sie ihn zum ersten Mal gesehen. Auf dem Viehmarkt von Jambol. Er ritt am anderen Ufer des Flusses Tundza. Als er sie bemerkte, hatte sie ihn schon eine Weile angestarrt. Ohne zu zögern ritt er sein Pferd durch den Fluß und kam ihr naß entgegen, hob sie zu sich hinauf und ließ ihr Gesicht in seinem Bart verschwinden. Er drängte seine Zunge zwischen ihre Lippen, durchsuchte ihren Mund und hinterließ eine salzige Spur. »Du wirst meine Frau werden«, sagte er und ließ sie wieder auf den Boden. Ihr Herz hatte er behalten.

»Der Name eurer Familie!? Schnell! Wo wohnt ihr? Ich will sie heiraten!« fragte er ihre drei Brüder, die die Messer schon gezogen hatten. Seine Stimme traf sie wie eine Peitsche, und sie antworteten brav.

Zwei Tage später verjagte sein Pferd die Hühner vor ihrem Elternhaus, zwang die Gänse, auf das Dach hoch zu fliegen, und die Hunde, tollwütig zu bellen. Michal sprang vom Pferd, spuckte in seine Hände und ging ins Haus. »Eine Decke! Für das Pferd!« befahl er ihren Brüdern. Danach setzte er sich. Er trank einen bitteren Kaffee mit ihrem Vater, der noch bitterer schmeckte, als der Alte die Summe nannte, die er für Ronjam verlangte. Selbst Ronjam erschrak. Sie überlegte schon zu flüchten, als ihr Vater sie rief und zwang, sich vor ihrem zukünftigen Mann zu verbeugen. Noch nie hatte Ronjam den gekehrten Boden ihres Vaterhauses so glücklich angeschaut. Sauber und festlich kam er ihr vor. Er war der wertvollste Teil des Hauses. Auf ihm stand ihr Geliebter. »In Sofia gibt es viele schöne Geschenke. Ich werde dir das schönste bringen, Ronjam«, hörte sie seine Stimme. Sie getraute sich nicht, ihm in die Augen zu schauen. Sie starrte nur auf den Boden. Erst als sie das Wiehern seines Pferdes draußen hörte, hob sie ihre Augen.

Drei Wochen später war Michal endlich bei ihr. Die Tasche, die er ihr gebracht hatte, war wunderbar, aber noch lieber hatte sie seine Umarmung. Sie standen beide vor dem Haus. Michal roch nach Schweiß, nach Pferden, nach Wind. Es war der Geruch seiner Liebe. Sie legte ihren Kopf an seine Brust und hörte dort ihre beiden Herzen.

»Geh noch nicht!« sagte sie.

»Ich muß. Ein letztes Mal. Ich muß deinem gierigen Vater die Mitgift bringen«, sagte er müde.

»Nein, geh nicht! Ich hasse diese Tür. Sie ist alt, dürr und häßlich wie eine Hexe. Ich kann sie nicht mehr länger anstarren. Ich hasse dieses Haus. Hier vergeht die Zeit zu langsam!«

»Nimm die Tasche und denke an mich, dann wird sie schneller vergehen.«

»Die Tasche ist tot, du lebst. Ich will bei dir sein. Nimm mich mit.«

»Ich komme bald«, sagte Michal und sprang auf sein Pferd.

Ronjam ging ins Haus, wo ihre Schwestern und ihre Mutter die Tasche bewunderten. Sie riß sie ihnen zornig aus den Händen und beruhigte sich erst, als ihre Wangen das schwarze Lackleder berührten. Aber die Zeit war schneller.

Zwei Tage später wurde Michal Halata versehentlich auf dem Markt von Jambol erschossen. Er befand sich schon auf dem Rückweg, hatte auf dem Markt noch eine goldene Kette für Ronjam gekauft, schritt gerade heiter durch die Vielfalt von Menschen und Waren und biß in ein Stück Brot, als eine Kugel seine Stirn durchbohrte. Der Gendarm Ivan Gatschev, der kurz zuvor auf einer Hochzeit seine Kehle mit Schnaps und die Luft mit Schüssen erhitzt hatte, hatte auf das Bein eines Taschendiebes gezielt und Michals Stirn getroffen. In Michals Taschen fand man die goldene Kette, in seinen Stiefeln viel Geld, in einem kleinen Beutel alle Tapferkeitsorden der letzten drei Kriege, in seinem Mund einen noch warmen Bissen Brot und in seiner Stirn ein Loch. Nur in seinen Augen fand man nichts. Man schloß sie. Michal war auf der Stelle tot. Aber in ihm schlug immer noch ein Herz. Es war Ronjams Herz. Es wurde mit ihm begraben. Es schlug unter der Erde weiter und hielt die Würmer von seinem Körper fern. Es war ein gutes, ein treues Herz.

Als Ronjam von Michals Tod erfuhr, begriff sie, daß sie weder eine Gegenwart noch eine Zukunft hatte. Dafür brauchte man ein Herz, und ihr Herz gehörte einem Toten. Sie ergriff die Handtasche, schaute in die Hände ihres besoffenen Bruders, die ihr den Weg versperrten, sah dort seinen baldigen Tod, stieß ihn zur Seite und ging. Er starb tatsächlich. Drei Tage danach stürzte ihr jüngster Bruder, während er gemeinsam mit den anderen nach Ronjam suchte, vom Pferd und brach sich das Genick. Die beiden anderen kehrten nach Hause zurück und begruben mit dem Jüngsten auch die Hoffnung, die Schwester wieder zu finden.

Etwas Seltsames war mit Ronjam geschehen. Sie hatte entdeckt, daß sie, weil sie selbst keine Zukunft mehr hatte, die Zukunft der anderen sehen konnte. Sie füllte die Tasche mit Spielkarten, Bohnen, Sand, Wachs und Bleistücken, zog durch das Land und verdiente ihr Brot als Wahrsagerin. Nie blieb sie in einem Ort länger als drei Tage und sie nahm immer nur das, was man ihr freiwillig gab. Sie reiste weiter und weiter. Sie durchquerte fremde Länder, hörte fremde Sprachen. Sie kam sogar bis nach Wien. Die Zukunft der Menschen in einer kleinen schwarzen Handtasche, die sie über der Schulter trug. Sie hatte keine Mühe. Ihre Tasche war leicht. Nichts auf dieser Welt war leichter als die Zukunft. Ronjam trug sie für alle und verteilte sie unter ihnen, damit sie es leichter hatten, denn sie hatte gemerkt, daß nichts für die Menschen schwerer war als das Ungewisse.

Manchmal dachte Ronjam auch an sich. Sie dachte an die Vergangenheit. Ihre Tränen schmeckten dann salzig wie Michals Zunge, und ihre Handtasche roch nach Pferden, nach Schweiß und nach Wind. Sie umarmte sie, hörte darin aber kein Herz schlagen. Sie hörte nur, wie die Zeit schneller ging.

Zehn Jahre waren vorüber, als Ronjam wieder nach Bulgarien zurückkehrte. Sie hatte vieles gesehen und wußte, daß nichts Gutes auf die Welt zukam. In der kleinen zarten Handfläche eines deutschen Offiziers hatte sie Auschwitz, in der Hand eines russischen Offiziers die vielen Opfer des Kommunismus gesehen. Egal, wohin sie sah, Ronjam sah nur Krieg, Haß und Tod. Diese Zukunft konnte sie den Menschen nicht mitteilen. Sie kehrte nach Hause zurück.

An einem Sommerabend des Jahres 1939 sah Ronjam am Rande der Stadt Sofia endlich ihren eigenen Tod. Sie las ihn aus der linken Hand eines Holzhackers und aus der rechten eines Köhlers. Sie sah, wie die beiden in dieser Nacht auf dem Weg nach Ichtiman auf sie warteten. Sie sah, wie sie ihr den Mund und die Nase zuhielten und ihr die Kleider vom Leib rissen. Mit Beruhigung sah sie, daß sie bereits tot war, als der Köhler sie entjungferte. Er küßte und knetete ihre Brüste. Dann erst merkte er, daß sie kein Herz hatte. Er schimpfte, fluchte und überließ ihren Körper dem Holzhacker. Der wollte ihn aber auch nicht. Er nahm nur die Tasche und verkaufte sie später in Plovdiv. Sie sah die Tasche von Hand zu Hand gehen, sie sah sie in Paris und auch in Wien, sie sah noch vieles, was sein würde, aber was interessiert das eine Tote.

Ronjam prophezeite dem Holzhacker und dem Köhler eine glänzende Zukunft und gab ihnen ihre Hände zurück. Sie bedankten sich, gaben ihr eine Zuckermelone und gingen. Als es dunkel wurde und auf dem Markt immer weniger Leute zu sehen waren, packte Ronjam ihre Sachen in die Tasche. Sie stand auf, nahm Abschied vom Zuckerwatte-Verkäufer, der seinen Stand neben ihr aufgeschlagen hatte, und machte sich auf den Weg nach Ichtiman. Die Tasche klebte an ihrem Arm wie die Haut verlorener Männer. Ihre Tränen schmeckten nach Michals Zunge. Ihr Herz in seiner Brust wartete schon ungeduldig auf ihren Körper. Ein treues, ein gutes Herz.

3

Zuerst fand Sofie keinen Sinn, danach keine Worte mehr. Das geschah im April des Jahres 1993, kurz nach ihrem vierzehnten Geburtstag. Seither schwieg sie.

Sofie hatte miterlebt, wie ihre Mutter innerhalb von zwei Monaten gestorben war. Ihr Leben war selbstlos, ihr Tod qualvoll gewesen. Die Krankheit ließ ihre Mutter zuerst verkrüppeln, danach verblöden und erst dann sterben. Ihre glatte Haut wurde grau, ihre Lippen lila, ihre Nase spitz, ihre Augenhöhlen tief. Die Krankheit verwandelte den Duft ihres Körpers in Gestank, ihre Güte in Gift, ihre Worte in Stöhnen. Sofie hatte gesehen, wie aus einer schönen Frau eine häßliche, aus dem vertrautesten Wesen eine Unbekannte und aus einem wertvollen Menschen Abfall wurde. Sofie war neben ihrem Bett und dann neben ihrem Sarg gestanden. Eine Grube vor ihr. Sie wurde mit Erde gefüllt. Als sie aber nach Hause fuhr, fand Sofie wieder eine Grube. Sie konnte man nicht mit Erde füllen. Man konnte nur hineinschauen. Sofie schaute hinein. Sofie schrie. Ihr Vater kam gelaufen. Teuer und schwarz war sein Anzug. Darunter sein unruhiges Herz.

»Was ist, Sofie?« fragte er.

»Es ist so leer«, sagte Sofie.

»Ich weiß, meine Kleine, ich weiß.«

Um ihren Vater wurde Sofie oft beneidet. Vor allem

von ihren Mitschülerinnen. Er war Leiter eines Pharmaunternehmens. Seine Position war hoch. Er verdiente viel Geld. Ein bedeutender Mann. Und ihre Mutter? Eine einfache Hausfrau. Man hatte ihre Güte mit Naivität verwechselt, hinter ihrer Schönheit nie ein Verdienst ihres Geistes vermutet. Nein, um ihre Mutter hatte Sofie nie jemand beneidet.

Am Tag nach dem Begräbnis mußte Sofie wieder zur Schule. Sie besuchte eine Eliteschule und durfte nicht länger fehlen. Sie durchquerte den Schulhof, kam ins Klassenzimmer und hörte den Tratsch ihrer Mitschülerinnen. Tratsch, der sich eines Tages auf höchster Ebene und in den reichsten Häusern der Welt fortsetzen würde. Sie fand keinen Sinn darin. Die Worte waren plötzlich leer geworden, leer, wie die Worte der Lehrer. Sofie hörte sie, schaute in sie hinein und überlegte, womit sie gefüllt werden könnten.

»Was wünschst du dir zum Geburtstag?« fragte ihr Vater am Abend.

»Erde«, sagte Sofie leise.

»Die ganze Welt kann ich dir nicht schenken«, scherzte ihr Vater und versuchte sie abzulenken.

Eine Woche nach dem Tod ihrer Mutter hatte Sofie Geburtstag. Sie hatte darauf vergessen. Sie hatte vergessen, daß es überhaupt Geburtstage gab. Ihr Vater wußte es. Er wußte alles. Er erinnerte Sofie daran und wollte sie beschenken.

Es war ein trauriger Geburtstag. Sofie bekam ein Designerkleid, auf dem die Weltkarte abgebildet war. Das Kleid war ihr zu groß. »Gefällt es dir?« fragte der Vater. »Ja, ganz schön, die Welt«, antwortete Sofie. Sie hatte den

Tod ihrer Mutter gesehen und die Welt auf einem Kleid. Nirgendwo fand sie einen Sinn. Sie beschloß, zu schweigen.

Sie schwieg zu Hause, schwieg auf der Straße, schwieg in der Schule. Sie hörte und gehorchte, aber sie schwieg. Tag für Tag, Monat für Monat, Jahr für Jahr. Die Ärzte, die ihr Vater nach Hause brachte, sprachen und fragten viel. Sie hörte aufmerksam zu, antwortete aber nicht.

Wegen der Beziehungen ihres Vaters wurde sie nicht von der Schule verwiesen. Sie wurde nur noch schriftlich geprüft. Von Lehrern bemitleidet, von Mitschülerinnen gemieden und verspottet, Sofie ertrug es und schwieg. Ihr einziges Vergnügen waren Spaziergänge. Am häufigsten ging sie in den Wienerwald. Die Bäume schwiegen, die Erde schwieg, der Himmel schwieg. Auch ihre Mutter schwieg. Sofie konnte gemeinsam mit ihnen schweigen. Am liebsten hätte sie nur mit ihrer Mutter geschwiegen, aber dafür hätte sie ein Engel sein müssen. Engel schweigen ja auch. Sofie hatte genug Gründe zu schweigen, und sie tat es.

Als sie eines Tages bemerkte, daß ihr Körper immer weiblicher wurde, erschrak sie. Sie wollte keine Frau sein, sondern ein Engel, wie ihre Mutter. Also begann Sofie, so wenig wie möglich zu essen. Dies half leider nicht. Sie sah es an den Blicken der Männer. Beschämt blieb sie immer öfter zu Hause. Ihr Schweigen wurde noch tiefer. Ihr Vater war hilflos. Er machte so viele Pillen. Keine hatte seiner Frau geholfen, keine half seiner Tochter. Er hatte Geld. Aber was konnte er tun?

Er nahm seine Dienstreisen wieder auf. Er umflog die Welt und brachte jedesmal ein schönes Geschenk für

Sofie. Je öfter sie zu Hause blieb, desto mehr schenkte er ihr. Es war seine Art, die Grube zu füllen. Ihr Zimmer war voller Geschenke. Jedesmal, wenn Sofie eines kriegte, betrachtete sie es aufmerksam, als ob sie etwas suchte. Ihr Vater betrachtete sie. Manchmal freute sie sich. Eine ganz kurze Zeit. Er merkte es und freute sich auch. Er erzählte ihr Geschichten. Er erzählte ihr, wo er das Geschenk gefunden und wie er es gekauft hatte. Sie hörte neugierig zu, bis der Vater, von ihrem Schweigen ermüdet, das Zimmer verließ. Still vergingen die Jahre. Still maturierte Sofie, noch stiller war sie zu Hause. Nur ihre Weiblichkeit schrie. Was wollte sie denn? Sie hatte keinen Sinn. Ihre Mutter schwieg. Also schwieg auch Sofie und verließ kaum noch das Haus.

Es war im Mai des Jahres 2001, als ihr Vater aus Frankreich zurückkam. Er brachte ihr eine Handtasche. Sie war aus schwarzem Lackleder, eigentlich nichts Besonderes.

»Schau dir diese Handtasche an, Sofie. Ob du es glaubst oder nicht, diese Tasche ist über siebzig Jahre alt und sieht aus wie neu. Nirgendwo abgetragen, nicht ein einziger Kratzer. Was ist das für ein Leder, frage ich mich, welcher Meister hat sie gemacht? Sie hat der Frau eines bulgarischen Tabakfabrikanten gehört. Die ganze Familie soll in den Fünfzigern vor den Kommunisten nach Paris geflüchtet sein. Dann ist die Tasche in Nizza aufgetaucht. Die Leute sagen, die Frau des Fabrikanten hat dort das Vermögen ihres Mannes verspielt. Er hat dann als Gärtner und sie als Wäscherin gearbeitet.«

Sofie hielt die Tasche in ihren Händen und betrachtete sie. Das Leder war warm. Es berührte sie. Die Tasche war leer, wie alles andere. Sofie kannte sich mit der Leere aus, aber in der Leere dieser Tasche war, das spürte Sofie, noch etwas anderes. Die Tasche schwieg. Ihr Leder war warm. Ihre Leere berührte sie.

Als ihr Vater am nächsten Abend nach Hause kam, hielt Sofie immer noch die Tasche in Händen. Kein Geschenk hatte sie je mehr als eine Stunde lang beschäftigt. Ihr Vater war sehr verwundert, wollte aber nicht stören. Er ging mit leisen Schritten in sein Zimmer.

Den Morgen danach verbrachte Sofie vor dem Spiegel. Sie schminkte sich zum ersten Mal in ihrem Leben. Zuvor war sie ins Zimmer, das voller Geschenke war, gegangen und hatte sich Kleid und Schuhe ausgesucht. Das Kleid, auf dem die Weltkarte abgebildet war, paßte ihr jetzt. Es klebte an ihr, als ob sie in ihm geboren worden wäre. Die blaue Farbe überwog. Es gab mehr Wasser in der Welt als Erde. Salziges, gewaltiges Wasser. Sofie sah im Spiegel alle Meere und Ozeane der Welt und eine Träne. Was man nicht alles in einem Spiegel sehen kann, dachte Sofie und begann ihr Haar zu kämmen. Sie kämmte es eine Stunde lang. Danach schminkte sie sich. Es war nicht schwer. Oft hatte sie ihre Mutter dabei beobachtet, jetzt wiederholte sie einfach ihre Bewegungen. Ihre Lippen, ihre Augenbrauen und Wimpern kamen wie von einer langen Reise zu ihr zurück, und Sofie begegnete ihnen mit Freude. Sie ging von zu Hause fort. Sie hatte zu essen vergessen. So wie die Engel. Um ihre Schulter die schwarze Ledertasche. Sie war gefüllt. Sofie hatte das Schminkzeug und einen kleinen Spiegel hineingetan, in dem jede Träne und jedes Lächeln gesehen werden konnten. Auch ein Buch war in der Tasche. Sie hatte schon seit Jahren keine Bücher mehr gelesen. Ihre Mutter hatte Bücher gesammelt. Immer hatte sie gelesen. Später, als sie krank geworden war, hatte Sofie ihr vorgelesen und ihr beim Zuhören und beim Sterben zugeschaut. Nach dem Tod ihrer Mutter hatte Sofie kein Buch mehr angerührt. Lesen war etwas für Sterbende. Sie hatte niemanden, dem sie vorlesen konnte. Erst heute hatte Sofie wieder Lust darauf. Sofie ging durch die Stadt. Sie war überraschend entspannt und ruhig. Auf ihrer Haut spürte sie die Wärme des Leders ihrer Tasche.

In einem Café nahm sie das Buch aus der Tasche und begann zu lesen. Nicht weit von ihr entfernt saß ein Mann. Sie fühlte seinen Blick und seine Unsicherheit. Einen Blick konnte man leicht überallhin schicken, sich selbst aber nicht. Der Mann hatte auch gelesen, seit einer Weile las er nicht mehr. Jetzt las Sofie für ihn. Sie fand es lustig, daß sie für ihn las und er es nicht merkte. Lesen war etwas für Sterbliche, und er merkte es nicht. »Er sieht das Meer, die Erde, die Welt. Was will er denn noch? Meine Tränen?« dachte sie und blätterte eine Seite weiter. Sie las ihm immer aufmerksamer vor. Sie wußte, daß er bleiben würde, solange sie hier blieb. Er würde bleiben, um ihrem Schweigen zu lauschen. Sie war amüsiert. Irgendwann bezahlte sie, nahm das Buch und ging. Schon nach ein paar Schritten erfaßte sie eine Unruhe. Sie vermißte etwas. »Sie haben Ihre Tasche vergessen«, holte sie eine Stimme ein. Sofie drehte sich um und sah den Mann aus dem Café, der ihr die Tasche reichte. »Ich danke Ihnen«, hörte sie ihre Stimme sagen. Zum ersten Mal seit acht Jahren hatte sie gesprochen. Sie nahm die Tasche und ging. Sie hatte gesprochen. Für einen Unbekannten hatte sie ihr Schweigen gebrochen. Für einen gewöhnlichen Sterblichen. Das schwarze Leder berührte sie und in der Leere wartete ein kleiner Spiegel.

Am Abend saß Sofie wieder in ihrem Zimmer und schwieg. Ihr Vater kam leicht beschwipst und mit Lippenstiftflecken auf seinem Hemdkragen nach Hause. Er kündigte ihr seine nächste Dienstreise an und nahm Sofies Veränderung nur ganz vage wahr.

Am nächsten Morgen saß er schon im Flugzeug und erzählte seiner Geliebten gähnend, was er nachts geträumt hatte. Sofie blieb zwei Tage zu Hause. Erst am dritten Tag besuchte sie wieder das Café. Der Mann war da. Er kam zu ihr. Diesmal genauso schnell wie sein Blick. Er durfte sich an den Tisch setzen und mit ihr sprechen. Er sprach von nichts Besonderem. Trotzdem waren seine Worte nicht leer. Sie klangen anders, als Sofie sie kannte. Sie kamen ihr neu vor. Der Mann hatte einen Akzent. Er war ein Fremder. Er benutzte die Worte anders. Manchmal falsch. Lustig waren seine Worte. Er kannte nicht viele, aber er getraute sich, sie auszusprechen. Schweigen wäre einfacher für ihn gewesen. Trotzdem sprach er. Sofie hatte Spaß, ihm zuzuhören.

Sie traf ihn nun jeden Tag. Sie sprach auch. Nicht über das Schweigen, nicht über die Grube, nicht über die letzten acht Jahre. Sie wollte darüber sprechen, irgendwann, aber jetzt sprach sie nur über ihre Mutter. Am liebsten hörte sie aber zu. Ihr Schweigen hatte endlich einen Sinn bekommen.

Der Mann hieß Nikolai. Er war aus Rußland im Laderaum eines Schiffes voller Kohlen und Afghanen nach Italien gekommen. Dunkel sei es dort gewesen. Einer der Afghanen habe einen Kompaß bei sich gehabt, damit sie auch im Dunkeln beten konnten. Sie hätten auf den Kohlen gebetet, alle in eine Richtung gewandt, einer mit dem Kompaß in der Hand. Auch der dunkelste und unruhigste Raum habe die Richtung ihrer Gebete nicht verändern können, sagte Nikolai. Als er merkte, daß keiner der Moslems seekrank wurde, habe er sich entschlossen, mit ihnen zu beten. So sei er in den Westen gekommen. Betend. Dies habe sich in verschiedenen, verschieden beleuchteten und Gott sei Dank nicht immer mit Kohle gefüllten Räumen fortgesetzt. Gott sei ihm nicht immer beigestanden, aber zumindest seekrank sei er nicht mehr geworden.

Sofie lachte und zwang ihn, weiterzusprechen. Nikolai tat es, er wollte ihr Lachen hören. Er habe in Moskau Physik studiert und in Italien als Elektriker gearbeitet, sagte er. Vor zwei Jahren sei er dann nach Wien gekommen, und auch hier habe er schon alles mögliche probiert. Er müsse viel arbeiten, denn er müsse seinen Eltern in Moskau Geld schicken, für die Stromrechnung. Zur Zeit arbeite er im Prater, sagte er. Er repariere dort Maschinen in den Geisterbahnen und Gruselkabinetten. Wenn nichts kaputt sei, spiele er für Geld den Tod im Zombiehaus. Für fünfundachtzig Schilling in der Stunde stehe er auch von den Toten wieder auf. Wenn Kundschaft komme, erscheine er im Dunkeln neben den anderen Figuren. Viel dürfe er nicht tun. Er dürfe auch nicht sprechen. Ein sprechender Toter sei schlecht für die Herzen der Kundschaft. Deswegen sei auch sein Deutsch so schlecht. Es reiche gerade für einen Zombie. Sofie lachte. Sie lachte auch zu Hause, wenn sie an Nikolai dachte. Seine Worte berührten sie. Sie sah es in ihrem kleinen Spiegel.

Eines Tages, während er davon sprach, wie er sie zum ersten Mal im Café gesehen hatte, küßte er sie. Sofie erschrak nicht. Sie war die Berührung seiner Worte gewohnt. Sie empfand den Kuß als Teil seiner Geschichte. Ihrer Unerfahrenheit schämte sie sich nicht. Sie wartete einfach ab und tat es dem Nikolai nach. Beim Küssen mußte man schweigen. Sofie kannte sich mit dem Schweigen aus. Diese Art zu schweigen gefiel ihr.

»Ich will den Ort sehen, wo du allein bist und schweigst«, sagte sie plötzlich. »Ich will deine Wohnung sehen.« Er ergriff ihre Hand.

Es war eine kleine Ein-Zimmer-Wohnung. Ein Tisch, zwei Stühle, ein Bett. Auf dem Boden Bücher, auf dem Tisch Blätter, vollgeschrieben mit Formeln, darauf ein Kompaß. Dem Tisch gegenüber zwei Fenster. Draußen viele Lichter vom Haus gegenüber. In diesem Zimmer hätte nicht einmal die Hälfte ihrer Geschenke Platz gefunden. Sofie stand im kleinsten Zimmer ihres Lebens und ließ sich küssen. Sie wußte nicht, was sie sonst tun sollte.

Ihre Tasche fiel und befreite ihre Hände. Ihr Kleid fiel und befreite ihren Körper.

Sie legte ihre Freiheit in Nikolais Hände. Sie wußte noch nicht, was sie mit ihr machen sollte. Sie wartete ab.

Als sie dann im Bett lag, war sie plötzlich der Verzweiflung nahe. Sie wollte ihre Freiheit nicht nur verschenken, sondern auch Gebrauch davon machen, und keiner half ihr dabei. Nikolai kam ihr vor wie ihr Vater. Er wußte alles. Sofie fühlte sich wie am Anfang eines großen Schweigens. Sie hatte ihre Mutter verloren und war wieder vierzehn. Eine große Grube lag vor ihr, die darauf wartete, gefüllt oder übersprungen zu werden.

Da spürte sie Blicke. Es waren die Blicke verlorener Männer. Zwölf an der Zahl, alle in der Blüte ihrer Kraft. Sie standen neben ihrer Tasche. Dankbar und ermutigend waren ihre Blicke. Eine fremde Liebe hatte sie versammelt und dazu verdammt, nur fremden Lieben zu dienen und von fremden Lieben zu leben. Sofie begriff und bohrte ihre Nägel in Nikolais Haut. Sie schrie und stöhnte, überkommen vom Schmerz und von der Sehnsucht jedes einzelnen Toten.

Sofie hatte die einzig mögliche Freiheit in diesem Zimmer ergriffen. Sie ergriff Nikolai und zwang ihn, ihr zwölf Wünsche zu erfüllen. Und weil sie es nicht für sich selbst taten, wurden ihre Körper naß und salzig wie Wellen. Sofie und Nikolai tranken sie aus, leckten das Salz und wurden selber zu Wellen, hervorgebracht vom Wind ihres Atems, immer weiter und weiter getrieben vom Schicksal jedes einzelnen Tropfens ihrer Körper.

Als sie wieder zu sich kamen, lagen sie nebeneinander im Bett, erschöpft und glücklich für zwölf. Sofie blickte auf Nikolais zerkratzten Körper. Sie sah, daß sie mit ihren Nägeln zwölf Männernamen in seinen Rücken geschrieben hatte, die jetzt immer blasser und blasser wurden und verschwanden, wie von Nikolais Körper verschlungen. Es blieben nur ein paar formlose Narben.

Sofie wollte Nikolai etwas sagen. Sie wußte, daß die Zeit der Worte gekommen war und daß sie jetzt wichtig waren, wichtig für sie beide. Aber sie wußte zu wenig über die Liebe, so wenig, daß sie fühlte, daß sie den Tränen nahe war. Sie wollte Nikolai nicht zuerst sprechen lassen. Sie wollte nicht mehr schweigen. Sofie schaute hilflos zu den Männern. Da löste sich einer aus der Gruppe, kam zu ihr und flüsterte ihr die Worte zu. Sofie wiederholte sie nur. Es waren jetzt ihre Worte, diese Worte eines unbekannten, verstorbenen Dichters. Sie gehörten den Lebenden, so wie alle Worte Verstorbener. Sofie sprach über die Bäume, die Erde, den Himmel. Nikolai genoß ihre Worte, seine leichten Küsse unterbrachen ihre Erzählung nicht. Sie hatte viel zu sagen. Sie sprach über acht Jahre Schweigen. Als sie dann einschliefen, war ihr Schlaf tief, ruhig und still.

»Ist es nicht seltsam, wie wichtig eine Handtasche sein kann«, sagte Nikolai am Morgen. Sofie erschauderte, aber es war umsonst. Die Tasche lag auf dem Boden. Weit und breit keine Spur von den Männern mehr.

»Ohne die Tasche hätte ich dich nie angesprochen, und wir hätten nicht diese Nacht erlebt. Was ist da eigentlich drinnen?«

»Unsere Zukunft«, antwortete Sofie heiter und sah, wie sich auf dem schwarzen Leder die Lichter einer Welt spiegelten, in der ihr bevorstand, zu lieben und zu sterben. Die Lichter zogen sie an. Eine unendliche Lust ergriff ihr ganzes Wesen. Die Lust, von der Süße des Schreckens zu kosten und von der Herbheit des Glücks. Die Lust, von Tag zu Tag zu fliegen.

Da fiel ihr ein, daß sie Nikolai ihre Tränen noch nicht gezeigt hatte. Und sie wandte ihm ihr Gesicht zu.

Laß uns Radio hören

Das Radio hatte im realen Sozialismus einen besonderen Stellenwert. Es war das einzige Gerät, mit dem man unmittelbar Kontakt mit dem Westen aufnehmen konnte. Um also das Gefühl haben zu können, ein Dissident zu sein, brauchte man nicht mehr als ein gutes Radio, eingestellt auf die Frequenz der Sender »Freies Europa« oder »The voice of America«. Sammelten sich drei Menschen um ein Radio, um eine Flasche Schnaps zu teilen, konnte man schon von einer Widerstandsbewegung reden. Das Radio war eine wundersame Sache, denn anders als der Schnaps gab es jedem das Gefühl, ein Held zu sein. Und alle liebten es.

Sarko Kischev liebte es auch, doch diesem Gefühl lag eine andere Geschichte zu Grunde. Bis zum Jahr 1987 hatte das Radio so gut wie keine Rolle in seinem Leben gespielt. Im Herbst desselben Jahres sollte sich nun alles ändern. Sarko ging nach Plovdiv, um dort Agronomie zu studieren, und mietete ein Zimmer in der Wohnung einer pensionierten Volksschullehrerin. Die Wände dieser Wohnung waren aber so dünn, daß Sarko nicht nur das Blättern im Fotoalbum, das seine Vermieterin sich im Nebenzimmer ansah, hören konnte, sondern auch ihre leisesten Seufzer.

All das wäre nicht so bedeutend gewesen, wenn er nicht zwei Wochen später Weneta kennengelernt hätte. Je näher er Weneta aber kam, desto wichtiger wurden die Wände um ihn herum.

Eines Tages war auch die letzte unsichtbare Wand zwischen den beiden gefallen, gleich danach ihre Kleider, und wie er es befürchtet hatte, geschah dies in seinem Zimmer. Im Nebenraum rührte die Wohnungsbesitzerin gerade in ihrem Kaffee.

»Hier hört man alles«, sagte er außer Atem.

»Schalte das Radio ein«, flüsterte ihm Weneta zu.

Von nun an wurde das Radio ständiger Begleiter ihres Liebeslebens. Es gab kaum eine Sendung, die sie nicht kannten. Mal hörten sie Musik, mal die Nachrichten, mal Berichte über den Wasserstand der Donau, aber auch Abhandlungen über die Erfolge sozialistischer Planwirtschaft und lobende Worte für alle Brigaden, die den Plan vorzeitig erfüllt hatten. So geschah es, daß die beiden, immer wenn sie miteinander schlafen wollten, nur einen Satz auszusprechen brauchten: »Laß uns Radio hören.«

Die Sendungen beeinflußten ihre Liebesspiele auf verschiedenste Art und Weise. Während Revolutions- und Partisanenlieder Weneta am stärksten erregten und sie experimentierlustiger, erfinderischer und feuriger machten, konnte Sarko es am längsten, wenn er die Reden hoher Parteifunktionäre hörte. Vielleicht, weil seine Phantasie mit dem Kommunismus beschäftigt war, dessen Kommen selbst immer weiter und weiter aufgeschoben wurde. Auf diese Weise verband Sarko das Nützliche mit dem Angenehmen, denn das, was durch diese Reden fester wurde, war nicht allein sein Klassenbewußtsein. Er war nie ein Dissident gewesen, aber auch ihm gab das Radio manchmal das Gefühl, ein Held zu sein. Leider sollten bald andere Zeiten kommen und mit ihnen auch andere Helden. Nach dem Zusammenbruch des Kommunismus trennte sich Weneta von Sarko, weil ihr Liebesleben nicht mehr so recht funktionieren wollte. Wie sollte es auch. Zwar waren viele neue Sender entstanden, aber die Parteireden waren verschwunden. Nun war Sarko nichts Festes geblieben. Er hatte keine feste Beziehung, keine feste Arbeit, keinen festen Wohnsitz, geschweige denn ein festes Klassenbewußtsein. Also ging er, wie viele andere, sein Glück im Westen suchen. Durch eine Ironie des Schicksals schmuggelte man ihn in einem mit Radiogeräten beladenen Laster nach Österreich. So begann, wie er später selber zu sagen pflegte, die längste Sendepause seines Lebens. Doch verglichen mit anderen Einwanderern hatte Sarko Glück. Nach einem Jahr schon konnte er eine eigene Wohnung mieten, nach drei Jahren hatte er einen festen Arbeitsplatz. Eines der ersten Geräte, das er sich kaufte, war ein Radio. Er schaltete es aber nie ein. Er wartete.

Obwohl es keinem mehr das Gefühl gab, ein Held zu sein, spielte das Radio weiterhin eine wichtige Rolle im Leben der Einwanderer. Diejenigen, die früher den Sendern des Westens gelauscht hatten, versuchten jetzt mit derselben Inbrunst, ihre Heimatsender im Äther zu finden. Es gab auch kaum eine Werkstatt oder Baustelle, wo nicht Radio gehört wurde. Nicht zufällig waren die ersten Sätze, die Einwanderer akzentfrei aussprechen konnten, den Radiowerbungen entliehen. »Schau in die Krone!« sangen Sarkos polnische Kollegen oft auf der Baustelle, während sie Beton mischten. Sarko dagegen suchte nie einen Sender und schaltete kein Radio ein. Er wischte nur ab und zu den Staub von seinem Gerät und wartete.

Eines Tages wurde sein Warten belohnt. Bei der Taufe der Tochter eines Kollegen aus Serbien lernte er nach dem vierten Sliwowitz Jasminka kennen.

»Wenn du Lust hast, können wir zu mir gehen«, sagte er, als das Fest zur Neige ging.

»Und was sollen wir dort tun?« Die Frage schien einen Teil ihrer Lippenfarbe fortgewischt zu haben, denn sogleich zog sie einen Lippenstift aus der Handtasche und schminkte sie nach. Sarko holte tief Luft, denn er hatte sieben Jahre, drei Monate und zwölf Tage gewartet, um diesen Satz wieder aussprechen zu können.

»Radio hören«, sagte er laut.

Lazarus

Vielleicht war es die Nachlässigkeit, mit der sie den Sargdeckel über ihm zuwarfen (beim Aufeinanderschlagen der Holzteile entstand ein Knall, der ihm Schrecken einjagte und ein paar Gedanken in Gang setzte), oder es war einfach der Umstand, in einem Sarg zu liegen, den Lazarus als günstig empfand, um über sein Leben nachzusinnen. Egal, wie oft er dieser Beschäftigung nachhing, er versuchte dabei immer das gleiche: die Ursache seines Untergangs zu ergründen. Es war ihm aber noch nie gelungen, Überblick über sein Leben zu gewinnen. Vielleicht schaffte er es gerade jetzt, aus der Dunkelheit eines Sarges.

Lazarus konnte sich einiges in seinem Leben nicht erklären. Zum Beispiel, warum seine Mutter von all den Männern, die für seine Zeugung in Frage kamen, gerade den Militärbarbier Svesdomir Kjossev auserwählt und geheiratet hatte. Als Lazarus sie einmal danach fragte, antwortete sie zuerst abwehrend, daß sie es nicht mehr wüßte. Das war an einem sonnigen Herbsttag. Lazarus war gerade sechzehn Jahre alt geworden. In der Hintertasche seiner abgetragenen Hose spürte er seinen erst kürzlich erhaltenen Paß, der ihn überhaupt erst zu fragen ermutigte. Seine Mutter stand im Hof und rumpelte in einem Blechbecken die Familienwäsche. Lazarus hatte ihr sein Hemd gegeben und sie gebeten, den Kragen zu waschen.

Er stand mit nacktem Oberkörper neben ihr und wartete. Sie unterbrach die Reibbewegungen ihrer Hände, schaute auf den Schaum vor sich, zerstreute ihn und betrachtete das trübe Wasser darunter.

»Dein Vater ist gutmütig und geduldig«, sagte sie dann. »Er besäuft sich nur einmal im Monat so schlimm, daß er mich schlägt. Danach verzeiht er mir alles. Er liebt still, aber er liebt mich heute noch … Dein Hemd ist fertig.«

Lazarus zog das Hemd mit nassem Kragen an und eilte zu einem Treffen mit seiner Freundin. Sie hieß Bistra, hatte immer einen Kaugummi im Mund und wartete schon seit zwei Wochen auf den ersten Kuß. In ihrem fünfzehnjährigen Leben war sie einem Kuß noch nie so nahe gewesen, und das zwang sie, noch schneller zu kauen. An diesem Tag wurde ihr Warten endlich belohnt. Und es geschah so plötzlich, daß Bistra den Kaugummi verschlucken mußte, um Lazarus nicht zu verunsichern. Sein Kragen war immer noch naß, als er sie küßte. Er spürte eine Kälte im Nacken und eine Hitze im Unterleib. Diese unvereinbaren Empfindungen sollte der Kuß ausgleichen. Und er tat es auch. Es war ein langer Kuß. Es sollte der längste seines Lebens bleiben. Bistras Mund schien ihm eine Öffnung in eine andere, gedankenfreie und zeitlose Welt zu sein. Lazarus stürzte sich auf ihre Lippen und saugte so lang an ihnen, bis sein Kragen trocken und seine Ohren rot waren.

Am nächsten Morgen wachte er mit einem steifen Genick auf. Er konnte weder nach links noch nach rechts schauen. Er nahm es gelassen hin. Sein Weg führte damals sowieso nur geradeaus. Geradeaus zu Bistra.

Lazarus' Mutter war eine gebürtige Romni. Ihr Name,

Sneshana, war auf zahlreiche Männerkörper tätowiert und hatte mal unter parfümierten, mal unter verschwitzten Hemden schon ganz Bulgarien durchreist. Es wurde erzählt, daß viele Männer »Helden der Arbeit« wurden, nur um ihrem Vater genügend Geld für den Brautpreis bieten zu können. Andere dagegen wurden Diebe aus demselben Grund. Auf jeden Fall kamen ständig Männer zu ihr. Manche kamen von weit, andere aus der näheren Umgebung. Sie stiegen aus Zügen, Bussen, Kutschen, Lastwagen, von Traktoren, Anhängern, Motorrädern, Karren, Pferden, Eseln und aus ihren Autos. Manche kamen allein, manche mit Musikbegleitung. Manche mit falschen Pässen und unter falschem Namen. Aber alle kamen mit echten Gefühlen. Sie gingen zuerst zu ihr, später dann in eine Kneipe. Wer Trost oder Streit suchte, der fand beides dort. Es wurden Tränen, manchmal auch Blut vergossen, je nachdem, wovon man mehr hatte. Danach ging jeder seines Weges. Der Wirt verdiente gut und zahlte ihrem Vater Prozente. Einige schafften es nicht einmal, bis zu ihr zu gelangen. Sie wurden von der Miliz noch vor ihrem Haus verhaftet. Die Männer aber waren bereit, für Sneshana alles zu tun. Einer wollte ihr für einen Kuß sogar seine Zähne schenken, zweiunddreißig an der Zahl. Alle aus Gold. Er stand schon mit offenem Mund vor ihr und verlangte nach einer Zange. Ein Mund voller Gold und Liebe.

Zur allgemeinen Überraschung heiratete Sneshana dann aber den Militärbarbier Svesdomir Kjossev. Die Hochzeit fand an einem kalten Jännertag statt. Alles war sehr bescheiden. Von Svesdomirs Verwandten kam niemand, weil sich alle schämten, daß er eine Zigeunerin heiratete. Von Sneshanas Familie kam keiner. Auch sie waren nicht begeistert. Auf der Straße warteten nur die zwei Trauzeugen. Um sich zu wärmen, hüpften sie auf ihren Plätzen von einem Bein auf das andere. Als dann das Brautpaar endlich aus dem Haus kam, erklang statt Musik ein lautes Quieken. Der Nachbar schlachtete gerade ein Schwein. Hinter einem Strommast versteckt, beobachtete Ibro »Babadshana«, an dessen Brust Sneshanas Kopf noch vor drei Tagen gelegen hatte, die Bewegungen der kleinen Gruppe. Seine vom Schnaps blutunterlaufenen Augen versuchten, sich durch den feinen Nebel, der aus Sneshanas Mund drang, noch einmal einen Weg zu ihren Lippen zu bahnen. »Bald werde ich sie wieder in den Armen halten«, schwor er, »bald!« Und so geschah es auch.

Sechs Monate nach der Hochzeit erblickte Lazarus die Welt. Er empfand sie als unheimlich und trostlos. Da ihm noch nie etwas Schlimmeres passiert war, begann er laut zu weinen. Dann wurde sein Mund an etwas Weiches gepreßt, sein Wesen von etwas Warmem erfüllt. Er brauchte seine Augen noch nicht. Für ihn waren Licht und Muttermilch das gleiche. Also trank er. Durch seinen zahnlosen Mund floß die Welt. Sie schmeckte ihm. Fürs erste reichte das, um ihn zu beruhigen.

Lazarus' Vater arbeitete in der Kaserne einer Luftabwehrabteilung. Seine Kunst beschränkte sich auf Soldatenköpfe, Unteroffiziersnacken und Offiziersschnurrbärte. Besondere Aufmerksamkeit widmete er dem Schnurrbart von Major Sverev. (Ein jähzorniger Mann, der, immer wenn er nachts Streit mit seiner Frau hatte, in die Kaserne kam, um die Alarmbereitschaft der Abteilung zu überprüfen. Nur beim Anblick laufender Soldaten konnte er sich entspannen. So aber wußten die Soldaten

nie genau, ob es sich tatsächlich um einen Luftalarm handelte oder ob Major Sverevs Frau ihrem Mann wieder einmal den Beischlaf verweigert hatte.)

Um zusätzlich Geld zu verdienen, ging Lazarus' Vater
in seiner freien Zeit noch Schafe scheren. Er bereiste
dann die Dörfer der Umgebung. Dies geschah immer im
Frühling. Mit den Zugvögeln kam auch Svesdomir in die
Dörfer. Immer mit demselben dünnen Lächeln unter
dem noch dünneren Schnurrbärtchen, immer mit derselben dunkelblauen Kordkappe, die seine Glatze, ein
großes rosaleuchtendes Ei, behütete. Sein Erscheinen erfreute die Bauern. Sie hatten sich so an ihn gewöhnt, daß
sie glaubten, der Frühling könne ohne ihn gar nicht mehr
beginnen. Für Svesdomir deckten sie ihre Holztische, die
sonst nur an großen Feiertagen die Berührung einer
Tischdecke kannten, und boten ihre besten Weine und
Schnäpse, ihre beste Salami und den besten Käse auf. Ihr
ganzer Stolz lag auf diesen Tischen. Gut aufbewahrt, lange
gelagert, bestens gewürzt. Unermeßliche Gaben. Svesdomir kostete davon und war jedesmal von neuem gerührt.
Dann redete er mit allen Wesen um sich. Die Menschen
sahen ihn beglückt an, die Schafe ängstlich, die Widder
feindselig, die Esel mißtrauisch, die Pferde unzufrieden,
die Ziegen provokant, die Schweine unentschlossen, die
Kühe gleichgültig, die Gänse verächtlich und die Hühner
rätselhaft. Er tat seine Arbeit schnell und tadellos. Danach
setzte er sich wieder an den Tisch, sang mit den Gast-
gebern traurige und lustige Lieder, wurde unter Lachen
und Tränen zur Bushaltestelle begleitet, wartete immer
auf den letzten Bus und stieg nie mit leeren Händen ein.
Mal erhielt er lebende Hühner, die dann die ganze Reise

über wild mit ihren Flügeln flatterten, mal ein kleines Lamm, das aufrichtig sein Schicksal beweinte. Nach solchen Tagen schaute ihn seine Frau verächtlich an wie eine Gans, feindselig wie ein Widder und provokant wie eine Ziege. Aber manchmal sah sie ihn so sanft und erfreut an, wie nur sie schauen konnte. Er nahm sie dann in die Arme wie ein Lamm, mit dem es einen langen Weg zu fahren galt. Legte sie behutsam auf das Bett wie auf einen nur für sie gedeckten Tisch und gab ihr von seinem ganzen Stolz zu kosten. In einer dieser Nächte wurde Lazarus' Bruder empfangen.

Lazarus bekam als Kind immer denselben Haarschnitt verpaßt. Er verbrachte seine Kindheit mit kurzen Haaren und einer großen Sehnsucht nach einem Schnurrbart. Was ihn damals an seinem Vater aber am meisten faszinierte, war der Glanz seiner Barbierinstrumente. Mit einer der Scheren schnitt er einmal sogar die Haare seines jüngeren Bruders Kamen, während dieser schlief. Dafür bekam er von seiner Mutter eine solche Ohrfeige, daß ihm die Schere aus den Händen fiel und stumpf wurde. Er rührte sie nie wieder an. Trotzdem beschäftigte Kamen auch weiterhin seine Fantasie. Er versuchte sich vorzustellen, wie sein Bruder reagieren würde, wenn man ihm dieses oder jenes antat. Da Lazarus die Vorstellung davon allein bald nicht mehr genügte, beschmierte er Kamens Schnuller mit scharfen Pfefferoni oder ließ Kamen zum Beispiel über süße kleine Reißnägel krabbeln. Leider wurde seinen Versuchen oft durch die Hände seiner Mutter und, was noch schlimmer war, durch die seines Vaters ein jähes Ende gesetzt. Dann suchte Lazarus so schnell wie möglich Zuflucht unter dem Ehebett der Eltern, das magische Schutzwirkung zu besitzen schien. Da aber auch die Magie ihre Grenzen hatte, begann seine Mutter bald, ihn mit dem Rollholz von dort hervorzuholen. Er wurde ein böses Kind genannt, was er nicht ganz verstand und was ihm sehr weh tat, denn er wußte, daß seine Mutter böse Kinder nicht liebte. Lazarus entschloß sich dann, brav zu sein, und ging in den Hof, wo er für die ganze Familie kleine Häuser aus Müll baute, tote Spatzen begrub, auf deren Gräbern er liebevoll rote Sterne von Soldatenkappen in die Erde steckte, oder Ameisen mit Wasser überschwemmte, die er dann über der Flamme einer Kerze trocknete. So hilfsbereit war er, und keiner wollte es sehen.

Lazarus mochte seinen Vater, aber viel lieber hatte er die Onkel, die in Vaters Abwesenheit die Mutter besuchten. Besonders gern hatte er Onkel Ibro, der ihm beibrachte, mit einem Messer umzugehen. Am meisten faszinierten ihn aber Onkel Ibros Tätowierungen. Lazarus schaute die vielen Bilder und Worte immer mit großer Ehrfurcht an. Riesig, blau und geheimnisvoll waren sie. Geheimnisvoller als jedes Märchenbuch. Also ließ er nicht eher locker, bis er den Sinn aller blauen Zeichen erfahren hatte. Inmitten eines großen, ruhigen Herzens, das sich auf Onkel Ibros Brust vom Schlagen zu erholen schien, entdeckte er sogar den Namen seiner Mutter. Das Bild kam ihm so vollkommen vor, daß er nicht im geringsten daran zweifelte, daß Ibro, wie er sagte, mit diesem Bild auf der Brust geboren worden war. Abends versuchte Lazarus dann, mit einem Kugelschreiber dieselben Bilder und Worte auf seinen eigenen Körper zu malen. Manchmal malte er sie auch auf den Körper seines Bruders, der dabei laut kicherte, oder auf die Wände, die stumm blieben.

Nun wußte er alles, was auf Onkel Ibros Brust, Bauch, Rücken und Händen geschrieben stand. Zur großen Überraschung seines Vaters hatte Lazarus Lesen gelernt, und zwar schon ein Jahr, bevor er zur Schule kam.

Eines Tages verschwand Onkel Ibro mit seiner ganzen blauen Welt. Als Lazarus seine Mutter nach ihm fragte, sagte sie, er werde wahrscheinlich erst in sechs Jahren wiederkommen. Lazarus konnte sich diese Zeit nur als ein Kind vorstellen, das genauso alt war wie er selbst. Von Onkel Ibros blauen Bildern und Worten war nur das Gekritzel auf den Wänden geblieben. Eines Tages verschwand auch das. Lazarus' Vater hatte es mit weißer Farbe übermalt. Er stand auf einer Leiter, in seiner Hand ein weinender Pinsel, auf seinem Kopf ein Hut, angefertigt aus der Sonntagsausgabe der Zeitung »Arbeit«. Lazarus war vom Milchweiß der Wände und von seinem zauberhaften Vater so begeistert, daß er dem Gekritzel nicht länger nachtrauerte.

In der Schule hatte es Lazarus schwer. Dort erfuhr er zum ersten Mal, daß er ein Zigeuner, seine Mutter eine Hure und sein Vater ein blinder Trottel sei. »Wartet nur bis Onkel Ibro kommt«, sagte er sich, und seine Stimme zitterte genauso wie seine Lippen. Aber Onkel Ibro kam und kam nicht. Dafür kam sein Bruder nach drei Jahren in dieselbe Schule, die Lazarus schon besuchte. Als er dann diejenigen bestrafte, die Kamen quälten, wurde er von der Schule verwiesen und in eine andere geschickt. Dort erging es ihm nicht viel besser. Doch etwas hatte sich geändert. Lazarus hatte eines Nachts von einer riesigen Stadt geträumt.

Eigentlich war er nur auf einer sehr großen Straße mit

vielen Menschen und vielen Autos. »Wie groß ist diese Stadt?« fragte Lazarus einen Mann, der eine Leiter trug. »Das weiß ich nicht«, antwortete dieser. »Ich weiß nur, daß man öfter von ihr träumen muß, bis man anfängt, sie zu kennen.« Danach wurde Lazarus viel ruhiger. Er hatte sich entschlossen, die kleine Stadt, in der er lebte, eines Tages für immer zu verlassen. Er mußte sich nur ein paar Jahre gedulden. Das war kein Problem. Im realen Sozialismus waren alle Menschen in Geduld geübt. Man hatte ihnen die helle Zukunft des Kommunismus versprochen, und sie warteten auf ihre Ankunft so wie Lazarus auf Onkel Ibro gewartet hatte. Man hatte ihnen diese Zukunft so gut beschrieben, daß sie sie geduldig erwarteten, wie einen verläßlichen Bekannten, der verreist war. Lazarus entspannte sich und hatte wieder Zeit, an anderes zu denken.

Mit zwölf verliebte er sich zum ersten Mal und schrieb seinen ersten Liebesbrief. Er hatte keinen Umschlag und war an Angelina gerichtet, die in dem granatfarbenen Haus neben der Post wohnte. Sie war dreizehn, stupsnasig, blond und so klein, daß einem nichts anderes einfiel, als sie zu lieben. Also riß Lazarus ein Blatt aus seinem Biologieheft, biß eine Weile an seinem Kugelschreiber und schrieb dann drauf: »Ich liebe dich. Komm heute um 8. Ich werde vor dem Denkmal des Unbekannten Soldaten warten.« Er las es. Der Inhalt kam ihm zu kurz vor, und er malte noch einen Indianer unter die Buchstaben. Erst dann faltete er zufrieden das Blatt, schrieb mit großen roten Buchstaben »Für Angelina« auf die Rückseite und warf den Brief persönlich in ihren Postkasten. Punkt sieben stand er stolz vor dem Denkmal. Punkt acht Uhr und drei Minuten war er von der Liebe enttäuscht. Statt Angelina kam ein Mann im blauen Arbeitsgewand mit blauen Cowboyaugen. Er packte Lazarus an den Ohren und zog an ihnen, bis sie rot waren. Der Mann war Angelinas Vater. »Wehe, ich finde noch einen Brief in meinem Postkasten, Häuptling!« sagte er. »Nie wieder, nie wieder«, schrie Lazarus. Gedemütigt und verweint ging er nach Hause. Er schwor Rache, auf die er drei Tage später vergaß. Es gab doch noch viele andere interessante Spiele, und er widmete sich ihnen aus vollem Herzen. So vergehen die Jahre schnell. Kaum waren die Brennesselflecken von den Händen verschwunden, waren die Hände schon wieder rot von der Kälte der Schneebälle. Gestern noch schoß man mit Steinschleudern auf Raben, Krähen und Tauben, heute traf man einen Star, eine Meise oder einen Pirol. Nur auf Schwalben schoß man nicht, egal, wie schnell die Jahre vergingen. Denn wer eine Schwalbe tötet oder fängt, der verliert seine Eltern, hieß es. Schwalben waren ohnehin schwer zu treffen.

Eines Tages leerte Lazarus die kleinen Steinchen aus seinen Hosentaschen, steckte stattdessen zwei Spielkarten ein, auf denen nackte Frauen abgebildet waren und für die er alle seine syrischen Murmeln geopfert hatte, und schenkte die Steinschleuder seinem Bruder.

Lazarus schloß die Volksschule ab, setzte seine Ausbildung in einem Maurertechnikum fort, steckte die Spielkarten in die Sakkoinnentasche seiner blauen Uniform, beeindruckte seine Mitschüler mit erfundenen Frauengeschichten und Unbekümmertheit, wiederholte trotzdem kein einziges Mal eine Klasse, half seinem Vater, ein neues Klo im Hof zu bauen, wo er sich regelmäßig mit den Spielkarten einsperrte, traf eines Herbstes Bistra, verliebte sich, küßte sie, schlief mit ihr im Keller eines Freundes, in dem fünfzehn Mausefallen ihre Intimität absicherten, hörte mal die schönsten Worte, mal das Klappen der Fallen, wurde selbstsicher und stolz, schenkte die zwei Spielkarten dem Bruder, maturierte, wurde in die Armee einberufen, von seinem Vater kahl geschoren und von Bistra bis zum Bahnhof begleitet, spürte feste Umarmungen, hörte feste Versprechungen, wurde weich, sah Bistra weinen, weinte selber, stieg in den Zug, sah Bistra winken, winkte selber, sah sie kleiner werden, erinnerte sich an alle dreiundzwanzig Mäuse, die gestorben waren, während er Bistra geliebt hatte, schien selbst dreiundzwanzig Leben verloren zu haben, so sehr schmerzte diese Trennung, hörte hilflos das Klappern des Zuges, der ihn dreihundert Kilometer von Bistra entfernte, kam in der Militärabteilung an, in der er zwei Jahre bleiben mußte, schrieb drei Wochen später den einzigen Brief an seinen Bruder, in dem er die Spielkarten zurückverlangte, bekam sie, bekam auch Briefe von Bistra, vier Monate lang, danach von keinem mehr, und all diese Jahre, egal was auch mit ihm geschah, vergaß er nie, wovon er als Kind geträumt hatte, und wozu er sich danach entschlossen hatte, nämlich: seine Geburtsstadt für immer zu verlassen. Der Traum des Kindes, das er gewesen war, ließ ihn sogar die dreiundzwanzig verlorenen Leben des Mannes vergessen.

Nach dem Armeedienst war es endlich so weit. Ein dicker schwarzer Schnurrbart verdeckte seine Oberlippe, und niemand konnte sehen, wie sie bebte, als er Abschied von seinen Eltern nahm. Von Bistra hörte er, daß sie in Varna einen Reiseführer geheiratet hatte, der drei Fremdsprachen perfekt beherrschte und dadurch problemlos mit den drei Kindern aus seinen drei früheren Ehen telefonieren konnte. Bistra erwartete ein Kind von ihm, mit dem er dann endlich auch Bulgarisch sprechen konnte. Bistra war also berufen, den Traum eines Polyglotten zu vollenden.

Lazarus' Traum war bescheidener. Er fuhr nach Plovdiv und begann dort in der Zigarettenfabrik zu arbeiten. Anfangs lebte er in einem Arbeiterheim, später mietete er ein Zimmer im Haus einer Oberstwitwe. Sie gab ihm bei jeder Gelegenheit von ihrer Grünfeigenmarmelade zu kosten, die sehr süß schmeckte. Dabei erzählte sie von ihren Enkeln, die noch süßer, oder von ihren Träumen, die unheimlich und vieldeutig waren. Lazarus aß, hörte zu und klebte am Sessel, als ob er von seiner Vermieterin gekocht, gerührt und abgefüllt worden wäre, nach einem Rezept, das ihr in einem ihrer zahllosen Träume offenbart worden war. Erst langsam lernte er, seine Freizeit von der Einsamkeit einer Witwe zu lösen und nach eigenem Belieben zu genießen, ohne daß dabei ein bitterer Nachgeschmack zurückblieb.

Lazarus fühlte sich wohl in der neuen Stadt. Zwar war die Fließbandarbeit anstrengend, aber er wurde nie wieder Zigeuner genannt. Endlich gab es zwischen ihm und den anderen keinen Unterschied. Er war wie eine der zahllosen Zigaretten, die tagtäglich an seinen Augen vorbeiglitten, verpackt und verteilt wurden. Weiß waren sie, eine wie die andere, und alle gleich beliebt beim Volk. Lazarus hatte das Gefühl, im Besitz eines neuen, gerade in der Fabrik produzierten Lebens zu sein, und er beeilte sich, es auszukosten.

Seine zukünftige Frau Nedelka lernte er bei einer Erste-Mai-Manifestation kennen. Es war der Tag der Arbeit, der Tag, an dem sich jeder Proletarier freuen sollte. Wie immer mußten die Arbeiter in perfekt geordneten Reihen mit Klassenbewußtsein und festem Lächeln aufmarschieren. Es hatte aber so stark geschüttet, als ob Gott sich rächen wollte, daß man alles ohne ihn geplant hatte, daß man ihn gar nicht mehr brauchte. Doch was konnte Gott schon anrichten. Er war für das Wetter zuständig und es regnete. Die Parteisekretäre waren für die Ordnung der Reihen und das Klassenbewußtsein zuständig, und die Reihen blieben perfekt, und das Lächeln der Arbeiter fest wie Beton. Gott war für die Ewigkeit, das Licht und den Regen da, das Proletariat für die Freude. Also freute sich das Proletariat und kümmerte sich weder um Gott, noch um die strengen Blicke der Parteisekretäre. Denn was gab es Schöneres für die Arbeiter, seit der Erschaffung der Welt, als einen arbeitsfreien Tag.

Unter einem roten Transparent mit der Inschrift »Die Arbeit veredelt den Menschen« hatte Genosse Lazarus Schutz vor dem Regen gesucht und die Genossin Nedelka gefunden. Unter der großen Uhr der Post fand zwei Tage später ihr erstes Rendezvous, unter dem freien nächtlichen Himmel ihr erster Kuß, und unter der Wolldecke der Oberstwitwe ihr erster gemeinsamer Orgasmus statt. Der Himmel war von Sternen, die Decke von Motten zerfressen, und durch die kleinen Löcher drangen so viele Lichter, daß ihre Zahl keiner von beiden zu fassen vermochte. Ihre Lust galt anderen Dingen.

Nedelka arbeitete in einer Brotfabrik und roch nach frisch gebackenem Weißbrot. Lazarus mochte diesen Geruch so sehr, daß er noch Jahre danach keine Bäckerei betreten konnte, ohne eine Erregung im Unterleib zu verspüren.

»Ich werde heiraten«, teilte er eines Morgens der Oberstwitwe mit. Sie saßen in ihrem Wohnzimmer. Die Gardinen ließen nur unsicheres, schüchternes Licht herein, als ob sie den jungen frechen Sommer draußen bestrafen wollten.

»Man pflückt die Feigen, noch bevor sie reif sind«, sagte sie gerade, »dann bleiben sie knackig. Es ist nicht leicht, eine gute Marmelade aus ihnen zu machen, aber wenn es gelingt, dann schleckt man sich die Finger ab.«

»Ich werde heiraten«, wiederholte Lazarus, der sich jetzt reif genug fühlte, seine Nachricht noch lauter und deutlicher zu verkünden.

»Ich habe es gewußt. Vorgestern habe ich von meinem Mann geträumt. Er war im Pyjama und trug Stiefel. Sie knirschten so laut, daß ich davon aufwachte. Immer wenn ich von meinem Mann im Pyjama träume, heiratet irgend jemand. Ach ja, ich hab noch ein Paar ganz neue Stiefel von ihm. Willst du, daß ich sie dir schenke?«

Lazarus wollte sie nicht.

»Ich werde zu meiner Frau ziehen. Sie hat eine Plattenbauwohnung. Ganz neu. Auch eine Terrasse werden wir haben«, sagte er.

»Gerade habe ich mich an dich gewöhnt, schon gehst du wieder. Bei mir hätte es genug Platz gegeben … Aber was soll's, ihr Jungen wollt alleine leben. Nur daß ihr es nicht wirklich könnt. Keiner kann es … Also, du willst die Stiefel nicht?« Lazarus übersiedelte in die neue Wohnung ohne Stiefel.

Zur Hochzeit kamen von seiner Seite nur die Oberstwitwe und sein Bruder Kamen. Er lebte mittlerweile auch in Plovdiv und hatte einem Agronom, der sich beim Kartenspiel verschuldet hatte, das Moped abgekauft. Das bedauerte der Agronom dann sehr, denn seine Geliebten waren in verschiedenen Dörfern zu Hause. Als er wieder einmal die Runde machte, diesmal mit dem Fahrrad, bekam er einen solchen Muskelkater, daß er eine Woche lang nicht gehen konnte. Er mußte seiner Frau treu bleiben und wurde sehr sparsam, denn er sparte jeden Groschen für ein neues Moped.

Auf dem Moped war Kamen vor ein paar Monaten nach Plovdiv gekommen. Er hatte sich die Fliegen von den Augen gewischt, seinen Bruder aufgesucht und sich nach einer Arbeit umgeschaut. Lazarus verhalf ihm zu einem Posten als Briefträger. Nun feierte Kamen die Hochzeit seines Bruders und tanzte mit der Oberstwitwe, berauscht von der Vieldeutigkeit ihrer Träume und von der Eindeutigkeit ihrer Tränen.

»Wie heißen Sie?« fragte er.

»Maria«, sagte sie, »so heißen alle Witwen«, und ließ ihn spüren, wie vielen Männern sie einmal Verstand und Atem geraubt hatte. »Ihr seid so unerträglich sterblich«, sagte sie, als er sich völlig erschöpft in einen Sessel fallen lassen wollte.

Lazarus' Hochzeit war ein berauschendes Fest. Es roch nach Schnaps, Schweiß und Cevapcici, den drei Gerüchen der Gemeinsamkeit. Die Kapelle spielte falsch, aber die Musik kam direkt aus den Herzen, und die waren aufrichtig. Vier tüchtige, unermüdliche Musikerherzen in vier behaarten Männerbrüsten. Dazu vier glänzende Stirnen, auf die man Geldscheine klebte, die gleich wie vom Feuer verschluckt wurden. Je mehr Scheine auf ihnen klebten, desto heftiger die Hitze. Denn die Musiker spielten nicht, sie verbrannten ihre Seelen.

Wie ein Rauch stieg die Stimmung immer höher und höher. Lazarus tanzte mit seiner Braut zuerst auf dem Boden, dann auf den Tischen und zu allerletzt auf dem Autodach eines »Moskwitsch«. Ein Fünfzigerjahre-Modell, das Nedelkas Onkel gehörte, und von dessen Metallteilen man erzählte, sie wären aus deutschen Soldatenhelmen hergestellt. Also konnte man auf dem Dach eines Moskwitsch ruhig tanzen, und sie tanzten. Nedelka in ihrem weißen Kleid, Lazarus in seinem schwarzen Anzug. Unter ihren Füßen der Klang der Helme, auf ihren Lippen die Hitze brennender Königreiche, in ihren Augen der Glanz des Triumphs. Und sie küßten sich so gierig, als ob sie das Ende eines sehr langen Krieges erlebt hätten.

Eineinhalb Jahre danach, am Tag der Armee, gebar Nedelka eine Tochter. Sie wurde Tichomira genannt.

»Ach, das waren Zeiten! Meine besten. Wann eigentlich hat mein Untergang begonnen? Vielleicht mit dem Untergang des Kommunismus? Damals habe ich meine Arbeit verloren … Nein. Mit Slatiza hat alles angefangen. Slatiza!« denkt er in seinem Sarg. Er atmet tief, und es kommt ihm so vor, als ob mit dem Geruch frisch polierten Holzes auch der Geruch von frisch gebackenem Weißbrot in seinen Sarg eindringen würde.

Slatiza war eine Freundin seiner Frau. Sie war Wahrsagerin, immer gut gelaunt, immer stark geschminkt und so festlich gekleidet, daß man meinte, sie käme gerade von einer Hochzeit. Sie war unverheiratet, aber die vielen goldenen Ringe an ihren Fingern wirkten wie die Zeichen unzähliger Trauungen und geheimnisvoller Bündnisse. Stumme Zeugen und Hüter, die das Gefühl vermittelten, Slatiza sei längst hoffnungslos vergeben. Nedelka hatte Lazarus zu ihr geschickt, damit er erfuhr, wie es nach seiner Entlassung weitergehen sollte, und wie es mit seiner Zukunft aussah. In Slatizas Wohnung roch es nach all den Blumen, die auf ihrem Kleid zu sehen waren. Sie schaute sich seine linke Hand lange an, und plötzlich spürte er, wie ihre Zunge auf seiner Lebenslinie auf und ab glitt. Man braucht kein Wahrsager zu sein, um zu wissen, was danach geschah.

Anfangs pendelte Lazarus zwischen den zwei Betten mit der Genauigkeit einer Schweizer Uhr. In dem einen erfüllte er seine Pflicht als Ehemann, im anderen seine Träume. In dem einen lag Nedelka und roch immer noch nach frisch gebackenem Weißbrot, im anderen Slatiza, ein schäumender Wein. Da aber Lazarus längst satt geworden war, stieg sein Durst. Er wollte nur noch trinken. Er kam nicht mehr pünktlich nach Hause. Sein Platz am Tisch blieb leer, sein Teller sauber, die Fragen seiner Frau unbeantwortet und die Tochter ohne Gutenachtkuß. Sein Ehebett glich mehr und mehr einer Uhr, die einen Zeiger verloren hatte.

Slatiza war eine teure Geliebte. Um sie zufriedenzustellen, begann Lazarus, wie viele andere, Waren auf den jugoslawischen Märkten zu verkaufen.

Man konnte dort Taschentücher aus Baumwolle, Telefone, Schuhe, Elektrogeräte, Kleider, Musikinstrumente, Handwaagen, Lebensmittel, Benzin, eigentlich fast alles verkaufen. Man mußte nur geschickt sein und geschickt mit den Zöllnern umzugehen wissen. Denn als Privatperson durfte man zwar Urlaub in Jugoslawien machen, Landschaft und Kulturdenkmäler betrachten, vielleicht ab und zu nur so zum Spaß ein paar Taschentücher, Schuhe oder Kleider verkaufen, aber auf gar keinen Fall Musikinstrumente, Elektrogeräte, Handwaagen, Lebensmittel oder gar Benzin. Lazarus war geschickt. Er machte jede Woche Urlaub in Jugoslawien. Das Land gefiel ihm. Er fuhr mit dem Auto für drei oder fünf Tage hin und nahm auch wirklich nur das Nötigste mit. Sieben Pullover, falls es kalt, zehn Hemden, falls es heiß wurde. Fünfzig Taschentücher aus Baumwolle, falls er sich verkühlen sollte. Zwanzig Paar Socken und zwanzig Unterhosen, da er Fußgeruch und Urinflecken nicht ertragen könne. Eine Gitarre, weil er gerne nach Sonnenuntergang musizierte, und ein russisches Transistorradio, um die Nachrichten des eigenen Landes mitzuverfolgen. Manchmal hatte er drei, manchmal vier Reservereifen bei sich, für alle Fälle. Dazu kamen ein Telefon, achtzehn Handwaagen und fünfzig Kilo Schafkäse, aber das alles waren nur Geschenke für seine jugoslawischen Freunde. Zehn Kilo Käse blieben an der Grenze. Fünf auf der bulgarischen, fünf auf der jugoslawischen Seite. Für die Zöllner, weil er ihnen so gut schmeckte, und damit sie die Zigaretten und Schnäpse, die er ihnen noch schenken würde, nicht auf nüchternen Magen konsumieren mußten. Die Gesundheit der Zöllner war Lazarus wichtig. Besonders die Gesundheit derer, die er kannte.

Nun fuhr Lazarus einmal wöchentlich nach Jugoslawien, verkaufte dort die verschiedensten Waren und brachte immer das gleiche zurück: Deutsche Mark. Es war eine magische Währung. Sie öffnete Türen und Herzen, sie bewirkte Wunder. Selig, wer sie besaß. Lazarus besaß sie. Er pilgerte voller Demut nach Jugoslawien, ertrug dort geduldig Erniedrigungen und Beleidigungen und kehrte selig zurück. Denn er machte alles nur aus Liebe, aus Liebe zu Slatiza. Liebevoll umarmte er sie nach jeder Reise. Liebevoll klebte er die Hunderterscheine an ihre Schenkel, liebevoll blies er sie wieder weg. Ein liebevoller Hauch, der die Scheine zum Leben erweckte. Liebevoll ergriff dann Slatiza seinen Kopf und führte ihn dorthin, wo die Wege ihrer Schenkel mündeten und keiner sich mehr verlieren konnte. Ein seliger Mensch, dieser Lazarus.

Das Geschäft ging gut. Nach dem Ausbruch des Krieges ging es sogar noch besser. Seine Familie hatte aber wenig davon. Lazarus' Zukunft war bei Slatiza gut aufgehoben. Wie in einem tiefen Brunnen verschwand bei ihr alles, was er verdiente. Zu Hause erschien er nur noch einmal wöchentlich, um seiner Tochter über das Haar zu streichen und mit seiner Frau zu schweigen. »So viel hatte er mir also diese Woche zu sagen«, dachte Nedelka am Morgen, wenn sie das bißchen Geld neben seiner leergetrunkenen Kaffeetasse fand. Seit sie seinetwegen keine Tränen mehr verlor, stellte sie auch keine Fragen. Sie wusch die Tasse ab, steckte das Geld in den Büstenhalter und verwischte seine Spuren. Auf seinen Schuhen sammelte sich der Staub, seine Kleider fraßen die Motten. Alles, was ihm gehörte, wurde in die dunkelsten Ecken gedrängt und dem Schicksal überlassen. Manchmal geschah es, daß Lazarus Lust auf sie hatte. Dann war sie undurchdringlich und kalt wie deutsche Soldatenhelme, und das so lange, bis er kapitulierte. Es war nicht leicht für Nedelka, denn in ihrem Herzen war immer noch ein kleiner Platz für ihn. Ein kleines Löchlein, durch das ein bißchen Licht hereinkam, wie von einer Motte in eine alte Decke gefressen. Ein verführerisches Licht, denn hätte sie ein Auge darauf gepreßt, hätte sie ihre Vergangenheit gesehen. Das wollte Nedelka aber nicht, deshalb blieb sie unerbittlich. Lazarus nahm es gelassen. Ihm war die Vergangenheit egal. Was ihn interessierte, war die Zukunft, und sie gehörte Slatiza. Also übersiedelte er zu ihr und kam nur noch nach Hause, um einen Kaffee zu trinken und ein wenig Geld dazulassen. Manchmal streichelte er auch seiner Tochter Tichomira übers Haar und fragte sie, wie es ihr in der Schule gehe. Es gehe ihr gut, sagte sie dann, die Schule sei interessant, und Onkel Kamen bringe sie oft auf seinem Moped nach Hause. »Wenn du groß bist, schenke ich dir ein Moped«, versprach ihr Lazarus. Danach ging er zu Slatiza. Sie war groß genug. Ihr konnte er sofort etwas schenken. Sein Bruder machte ihm bei jeder Gelegenheit Vorwürfe. Sein Bruder Kamen war besorgt. Sein Bruder Kamen meinte, daß Lazarus sich mehr um seine Familie kümmern sollte. Sein Bruder Kamen fuhr einmal monatlich auf seinem Moped zu den Eltern und beschuldigte Lazarus, daß er sie vergessen, ja sogar verleugnet hätte. Sein Bruder Kamen wollte viel zu viel von ihm. Einen Bruder, der nichts hatte als ein großes Maul und ein lächerliches Moped, brauchte Lazarus nicht. Sie zerstritten sich. »Du bist nicht mehr mein Bruder«, brüllte Lazarus. Kamen spuckte auf den Boden, sprang auf sein Moped, aber das wollte und wollte nicht anspringen. Er mußte es durch die ganze Stadt schieben.

»Nicht einmal verschwinden kann er, wie es sich gehört«, dachte Lazarus. »Ein lächerlicher Mensch!« Und um alles zu vergessen, ging er D-Mark auf Slatizas Schenkel kleben. Er beruhigte sich erst, als ihre zehn Ringe seine Wangen kühlten. Golden waren sie, golden wie die Zeit, die er mit ihr verbrachte.

Eines Tages sagte Slatiza, sie würde für drei bis vier Wochen zu ihren Eltern fahren. Lazarus wollte die Zeit nützen, um noch mehr D-Mark zu verdienen.

»Wenn du zurückkommst, machen wir eine Weltreise«, versprach er ihr.

»Mit dir fahre ich, wohin du willst«, flüsterte sie in sein Ohr, kämmte seinen Schnurrbart mit der Zunge feucht und brachte seine Männlichkeit damit zum Glänzen.

Lazarus fuhr nach Jugoslawien, denn der Weg in die Welt führte zuerst dorthin. Es war immer noch Krieg. Über das Land war ein Embargo verhängt worden. Man durfte dort nicht einmal mehr ein Taschentuch aus Baumwolle verkaufen. Die Frauen wischten sich ihre Tränen mit den Händen vom Gesicht, die Männer mit den Ärmeln ihrer Soldatenuniformen. Es fehlte an allem, außer am Unglück. Aber was den Leuten dort am meisten fehlte, waren Lebensmittel und Benzin. Lazarus fuhr zum ersten Mal mit einem kleinen Lastwagen dorthin. Er war voll mit Lebensmitteln und Benzin. Die Welt hatte Jugoslawien den Rücken gekehrt, Lazarus nicht. Zwar stand in seinen gefälschten Papieren als Reiseziel Szeged, aber wie sollte sein gutes Herz es bis Szeged aushalten, wenn unterwegs so viel Not herrschte. Schon in Nisch warteten Freunde auf ihn, die seine Güte unbedingt mit D-Mark belohnen wollten. Wie konnte er es ihnen abschlagen. Um sich zu zerstreuen, begann er an Slatiza zu denken. Nur durch sie ließ sich diese ungerechte Welt ertragen. Nur wenn er von ihren Lippen kostete, bekam er Mut, sie zu bereisen.

Kurz vor Nisch wurde er von einer Polizeipatrouille gestoppt. Kontrollen gewöhnt, legte er einen 100-Mark-Schein zwischen die Papiere, bevor er sie ihnen reichte.

»Grüß dich, Bruder«, sagte Lazarus auf Serbisch wie üblich.

»Ich bin nicht dein Bruder«, sagte überraschend trocken der Polizist und richtete den Strahl seiner Taschenlampe auf Lazarus' Gesicht. Der andere stand daneben und aß Pljeskavica. Er sagte nichts, trotzdem hatte man das Gefühl, daß er sprach.

Es war finster. Der Himmel war schwarz. Auf Erden leuchtete nur Lazarus' Kopf. Der einzige Stern dieser Nacht. Der Polizist schaltete die Taschenlampe aus. Der Stern erlosch.

»Steig aus!« befahl er und übergab dem anderen die Papiere. Lazarus gehorchte. Sein Blick bemühte sich, den Hunderterschein zu finden, aber die Dunkelheit hatte ihn schon verschlungen. Nun schaute der andere seine Papiere an. Er hielt sie in der linken Hand. In der rechten hielt er seine Pljeskavica, von der er eben wieder einen Bissen nahm. Sein Kauen wurde lauter. Die Pljeskavica verschwand in seinem Bauch, die Papiere in seiner Brusttasche und er im Polizeiauto. Das Auto begann von innen zu leuchten.

»Du kommst mit!« sagte der erste und schob Lazarus in den Wagen.

»Wieviel wollt ihr?«

»Glaubst du, wir Serben sind korrupt?«

»Aber nein, aber bis jetzt war es nie …«

»Noch ein Wort, und ich fresse dich mit allen deinen Fetzen«, öffnete zum ersten Mal der andere seinen Mund. Lazarus schaute hinein und sogleich schwieg er. Er glaubte ihm.

Vor einer Polizeistation in Nisch blieben sie stehen. Lazarus wurde vor eine ledergepolsterte Tür geführt. Die zwei Polizisten öffneten sie, schoben ihn hinein, salutierten und gingen so schnell hinaus wie zwei Vögel einer großen, gut geschmierten Wanduhr. Lazarus blieb. Er war in den Mechanismus geraten.

Das Zimmer war hell und sauber. Hinter einem altmodischen Schreibtisch aus massivem, dunklem Nußholz saß ein Major aus massivem, gut durchblutetem Fleisch. Hinter ihm an der Wand hingen drei gut abgestaubte Portraits. Stalin, Tito und Milosevic, gerahmt und verglast, genossen sichtlich die tägliche Pflege, und ihre Blicke waren frei für höhere Aufgaben. Drei stille Wanduhren, die keine Zeiger brauchten. Der Tisch war frisch poliert, die Uniform des Majors frisch gebügelt, sein Kopf und die Gesichtshaut faltenlos glatt. Fremde Blicke glitten an ihm ab, wie auf einem zugefrorenen Fluß.

Lazarus stand vor ihm wie vor einem Monument. Er war wieder klein geworden und stand da, wie er einst vor dem Denkmal des Unbekannten Soldaten gestanden war, als er auf seine erste Liebe gewartet hatte. Eingeschüchtert und angespannt war er, denn jetzt wußte er, daß sie nicht kommen würde, denn jetzt wußte er, daß jeden Augenblick ihr Vater in seinem blauen Mechanikergewand erscheinen würde, um ihn an den Ohren zu ziehen. Und obwohl er es heute wußte, konnte er, so wie damals, nichts dagegen tun.

Die Uniform des Majors war blau. Seine großen Hände ruhten auf der grünen Tischtapezierung wie auf einer Wiese. Seine behaarten Finger schienen nachdenklich wie die Köpfe der zehn Geschworenen. Lazarus' Ohren wurden rot.

»Du stinkender Zigeuner!« schrie das Monument.

Lazarus zuckte zusammen. Seit seiner Kindheit hatte ihn keiner mehr so genannt. Wieso gerade jetzt? Ja klar, er war ja wieder klein und Angelinas Vater sprach mit ihm.

»Der Balkan ist voll von euch! Hätte ich mehr Macht, ich würde schon ordentliche Bürger aus euch machen. Ihr seid nichts als Abschaum! Schmuggler, Diebe und Betrüger. Solche wie du sind schuld daran, daß der Kommunismus keine Chance hatte. Deine Waren, dein Lastwagen und dein schmutziges Geld sind konfisziert, und du wirst abgeschoben. Sollen sich doch deine Landsleute an dir die Hände dreckig machen. Wenn ich dich je wieder erwische, wirst du deine Mutter verfluchen, weil sie dich geboren hat. Hast du mich verstanden? Und jetzt verschwinde, du Wichser!«

Und schon war Lazarus aus dem Mechanismus geworfen, und schon saß er in einem Auto und kam an die Grenze und wurde den bulgarischen Beamten übergeben. Und er erkannte sie, und sie erkannten ihn. Sie hatten ihn nicht vergessen. Wie nach einem Sturz hatten sie ihn aufgefangen, weich auf die Erde gestellt, und es war ihm nichts passiert. Ein seliger Augenblick für Lazarus, der so klein und hilflos geworden war. Er versprach, sie zu belohnen, und sie glaubten ihm und ließen ihn gehen und borgten ihm sogar Geld, die Gütigen.

Also kam Lazarus ziemlich beruhigt nach Plovdiv zurück. Er dachte wieder an die Zukunft. Zwar hatte er Slatiza vor einem halben Jahr eine neue Wohnung geschenkt, aber er besaß immer noch genug Geld, um eine Weltreise mit ihr zu machen. Seine goldene Slatiza! Wie gern hätte er sie jetzt bei sich gehabt, aber sie war bei ihren Eltern. Wie lange war er schon nicht bei den seinen? Egal. Er wollte lieber nicht darüber nachdenken. Wichtig war Slatiza. Sie sollte sich ruhig ein paar Wochen bei ihren Eltern erholen. Er würde sie nicht dabei stören.

Lazarus ging in ihre alte Wohnung, die mittlerweile auch die seine geworden war, warf sich auf das Bett und schlief tief und traumlos achtzehn Stunden lang. Danach wachte er auf und entschloß sich, in die Berge zu fahren und so das Warten auf Slatiza zu verkürzen. »Die Berge sind hoch und grün. Die Luft ist rein. Genau richtig, um sich zu erholen und Abstand zu gewinnen«, dachte er. Man klettert hoch und hat schon Abstand. Man schaut sich um und ist schon beruhigt. Man atmet tief und ist schon gereinigt von allen schrecklichen Ereignissen, oder überhaupt gar von allem. Danach kommt man erhaben, ausgeglichen und frisch zurück, dachte er, wählte einen Kurort in den Rhodopen und fuhr dorthin. Er ließ sich im teuersten Hotel nieder, in einem Zimmer mit Aussicht auf den höchsten Berg. Tagsüber ging er im Hallenbad des Hotels schwimmen, blieb aber immer in der Nähe seines Cocktails, abends tauchte er im Nachtclub unter, wo er die Nummer des Programmes am meisten genoß, in der die russischen Stripperinnen die Seelen der reichen Besucher, die Schiffbruch erlitten hatten, wie Sirenen an sich zogen. Die Natur bewunderte er nur durch die Fenster seines Zimmers oder durch die Verglasungen der zahlreichen Lokale, die er besuchte. Trotzdem fühlte er sich ausgeglichen und frisch. Ein großes Rätsel, die Natur und ihre Wirkungen.

Erhabenen Hauptes kam Lazarus nach Plovdiv zurück. Entspannt und gelassen begann er auf Slatiza zu warten. Zärtlich wie ein heimkehrender Matrose dachte er an sie. Als aber ein Monat vergangen war, wurde er ungeduldig. Die Magie der Natur war wie weggeblasen.

Lazarus versuchte, sie zuerst in der Wohnung, die er ihr geschenkt hatte, ausfindig zu machen. Ein Mann, in dessen Schnurrbart noch Brösel hingen, öffnete die Tür. Von ihm erfuhr Lazarus, daß er der neue Mieter sei. Fräulein Slatiza habe ihm vor zwei Wochen die Wohnung verkauft. Lazarus war beunruhigt und fuhr schnell in Slatizas Dorf. Dort mußte er zur Kenntnis nehmen, daß ihre Eltern schon vor einigen Jahren gestorben waren und daß es nur einen Ort auf dieser Erde gab, an dem man sie besuchen konnte. »Es führt alles an einen Ort. Es ist alles aus Staub geworden und wird wieder zu Staub«, beendete der bärtige Bauer seine Auskunft, spuckte in seine zerfurchten Hände, rieb sie genußvoll aneinander, hob wieder seinen mit Mais gefüllten Sack über die Schulter und ließ Lazarus allein unter der Mittagssonne.

Er war verzweifelt. Seine goldene Slatiza hatte sich aus dem Staub gemacht. Sie war tatsächlich auf eine Weltreise gegangen, aber ohne ihn. Diese Schlampe. Die Zukunft hatte sie ihm verdorben. Ein blinder Trottel war er, ihr so viel zu schenken. Aber jetzt sah er wieder klar. Sein Bruder hatte recht gehabt. Vielleicht, weil er immer auf seinem Moped saß und viel Staub schlucken mußte.

Da begann Lazarus zum ersten Mal seit sieben Jahren, wieder an seine Frau zu denken. »Es wird alles wieder gut. Wir werden neu anfangen«, wiederholte er, während er nach Hause raste. Von einer Leichtigkeit erfaßt, lief er sogar die Treppen zu seiner Wohnung hoch. Sein schweres Atmen erfüllte ein Zimmer nach dem anderen und vertrieb die jahrelang angesammelte Stille. Nur noch ein Raum, und die Wohnung hätte sich wieder an seine Anwesenheit gewöhnt. Aber da versagte ihm der Atem. Er fand dort zwar endlich seine Frau, aber neben ihr lag sein Bruder Kamen. In dem Wunsch, sie voneinander zu trennen, griff Lazarus nach der Schere, die auf dem Nachtkasten lag. Doch ein schwerer Schlag ins Gesicht warf ihn zu Boden. Die Faust seines Bruders roch so stark nach Weißbrot, daß er ohnmächtig wurde. Als er zu sich kam, erfuhr er von Nedelka den Scheidungstermin. Neben ihr stand Kamen und spielte mit der Schere. »Wir wollen heiraten«, sagte er nur.

Den Weg der beiden zum Standesamt verfolgte Lazarus hinter Strommasten versteckt. Ein paar Schritte hinter der Braut ging seine Tochter Tichomira, über deren Haar er nun nie wieder streichen durfte. Lazarus' Schnurrbart war so schwer von Tränen, daß er den Weg seiner Worte verschloß.

Die nächsten Monate verbrachte Lazarus auf der Suche nach einem Ort, an dem er neu beginnen konnte. Er verkaufte Feuerzeuge und kleine silberne Kreuze vor dem Batschkovo Kloster, Mineralwasser und Kunstdünger in Tschirpan, bunte türkische Seifen und Plastiksäcke, auf denen nackte Frauen abgebildet waren, in Stara Sagora, Tischtennisutensilien und Heilkräuter in Kasanlak, Rosenöl und Wörterbücher in Warna, Piraten-CDs und Luftmatratzen in Burgas. Egal wo und was er verkaufte, er machte Gewinne, aber einen Ort, an dem er bleiben wollte, fand er nicht.

In einer trostlosen Stadt in der tiefsten Provinz, in einem kleinen Doppelzimmer des einzigen Hotels des Ortes, auf einem schmalen, harten Bett, erlebte er eines Tages die enge Liebe einer neunzehnjährigen Burekverkäuferin. Er hatte ihre Blicke schon seit seiner Ankunft in dieser Stadt bemerkt, aber erst als er im Radio hörte, daß amerikanische Raketen auf Serbien fielen, ergriff ihn eine unbändige Freude, und er bekam Lust, diese Freude mit ihr zu teilen.

Sie hieß Nikolina, klebte jede freie Minute an seinem Hals, weinte öfter, als sie sprach, fragte zweimal pro Tag, ob er imstande sei, sich ihretwegen umzubringen, und ebensooft drohte sie ihm mit Selbstmord. Er nahm ihr das nicht übel. Die Stadt war sehr klein. Es geschah hier sonst nichts, außer ab und zu ein Selbstmord. Gewöhnlich waren es Militäroffiziere, die keine Arbeit mehr hatten und keine Tomaten auf dem Markt verkaufen wollten. Die meisten erschossen sich, oder sie erschossen ihre untreuen Gattinnen oder die Liebhaber ihrer Gattinnen. Auf jeden Fall knallte es. Die Stadt war früher ein Stützpunkt gewesen. Viele Militärs lebten hier. Viel Geld war hier geflossen, viel war für sie und ihre Familien gebaut worden, viele große Militärübungen hatten hier stattgefunden, viele große Feste waren gefeiert worden. Jetzt hatte das Land kein Geld mehr. Jetzt war die Stadt kein

Stützpunkt mehr. Nur die vielen Militärs waren geblieben. Viel zu viele. Sie feierten keine großen Feste mehr. Nur ab und zu hörte man einen Knall.

Die Stadt kam Lazarus so trostlos vor, daß er das Gefühl hatte, die Rezeptionistin in der elenden Hotelhalle würde ihm widerstandslos eine Pistole aushändigen, wenn er sie darum bitten würde. So verständnis- und erwartungsvoll schaute sie ihn an, wenn er sich seinen Zimmerschlüssel holte. Er war der einzige Gast. Sie hatte seinen Schlüssel jedesmal schon in ihrer Hand. Nie bekam er ihn kalt. Manchmal bekam er auch ein Lächeln. Als Belohnung für seine Ausdauer.

Oben, im zweiten Stock, schlief er dann mit Nikolina. Ohne Worte und ohne Stöhnen. Nur ihre Körper klatschten aufeinander. Wie nach einer Vorstellung. Danach weinte sie, oder sie lachte. Wie nach einer Vorstellung. Manchmal zog sie sich gleich wieder an, war böse, wollte gehen, kam aber zurück und zog sich wieder aus. Ihre Körper klatschten.

»Du liebst mich nicht. Du willst nur das eine«, sagte Nikolina eines Tages zu ihm. Sie hatte es oft gesagt, nun sagte sie es wieder und biß in seine Brust und zerkratzte sie und machte Flecken auf seinen Hals.

»Ja, eine Pistole«, sagte er.

»Morgen bringe ich eine«, sagte sie und kuschelte sich an ihn und streichelte ihn und beteuerte, daß sie ihn ewig lieben werde.

»Dreiundzwanzig Leben reichen«, sagte er und dachte an die dreiundzwanzig Mäuse seiner Jugend. Damals knallten zumindest nur die Fallen, dachte er. Er hätte Nikolina vielleicht wirklich lieben können, denn sie roch fast wie seine Frau, ihre Lippen schmeckten wie die von Slatiza, und ihre Tränen waren klar und aufrichtig wie die seiner ersten Liebe, als sie ihn zum Bahnhof begleitet hatte. Er hätte sie bestimmt geliebt, wenn er sie nicht in dieser Stadt getroffen hätte oder wenn er selber einen Ort gehabt hätte, wohin er sie hätte bringen können.

»Ich bring dich heute nach Hause«, sagte er.

Sie war froh. Sie stieg in sein Auto. Sie schloß ihre Augen und lehnte ihren Kopf an seine Schulter. So fuhren sie den ganzen Weg. Als das Auto stehenblieb, küßte sie ihn lange. Erst dann öffnete sie ihre, wie von leichten Träumen gewaschenen, braunen Augen.

»Bis morgen, mein Liebster«, sagte sie, formte die Finger ihrer rechten, rauhen Hand so, daß sie eine Pistole bildeten und gab ihm einen Luftkuß mit dem Pistolenlauf.

»Bäng, bäng«, sagte er nur und wartete, bis sie in dem unbeleuchteten, verkommenen Eingang eines achtstöckigen Militärgebäudes verschwunden war.

Danach kehrte er schnell ins Hotel zurück und zahlte die Rechnung. Sein Schlüssel war noch in der Hand der Rezeptionistin. Man sah ihn nicht, man sah nur den kupfernen Anhänger aus ihrer Hand hervorragen. Man sah auch kein Lächeln, man sah nur ihre frisch geschminkten kupferfarbenen Lippen. Lazarus gab ihr ein großes Trinkgeld. Die Lippen blieben zusammengeschweißt.

»Auf Wiedersehen«, sagte er. Er bekam einen verächtlichen Blick.

Das Lenkrad war noch warm, als er die Stadt verließ. Die Landstraße war dunkel. Vor Lazarus war es schwarz und auch hinter ihm. Kein Auto fuhr in die Stadt, keines verließ sie. Die Stadt war sehr klein. Nichts geschah in ihr. Nur ab und zu hörte man einen Knall.

Lazarus gab Gas. Er wollte weg. Die Nachricht von den amerikanischen Raketen hatte ihn mehr erfreut als seine letzte Liebe.

Irgendwann hörten die NATO-Angriffe auf. Sie hatten ihr Ziel erreicht, Lazarus dagegen nicht. Er war verwirrt wie die wenigen Raketen, die auf Bulgarien gefallen waren. Sie hatten ihr Ziel nicht gefunden, aber immerhin einen Ort. Er fand nicht einmal das. Er fuhr weiter. Die Straßen waren löchrig und staubig. Sie führten in Städte, in denen an jeder Kreuzung barfüßige Kinder seine Fensterscheiben putzten und beschuhte ihm eine Zeitung verkaufen wollten.

Sie führten durch Dörfer, in denen es weder Kinder noch Zeitungen gab. Sie führten in die Berge, sie führten durch Täler, sie führten ans Meer, aber egal wo er ankam, Staub war in seinem Mund und eine Leere in ihm.

Als er Pazardshik verließ, sah er eine Gruppe Sträflinge, die die Straße ausbesserten. Es war ein heißer Sommertag. Ihre nackten Oberkörper wirkten wie abgebrannte Zündhölzer. Vier Polizisten hockten im Schatten eines Wildbirnenbaums und spielten Karten. Um sie herum verstreut Melonenschalen und Zeitungspapier. Von einem Ast hing ein Schlagstock. Eine überreife, exotische Frucht. Lazarus mußte langsamer fahren. Einer der Sträflinge kam ihm entgegen und bat um eine Zigarette. Sein Gesicht war voller Narben, sein Körper voll Tätowierungen, sein Mund voll goldener Zähne. Ein Mensch wie ein Zeichen. Dort, wo er nicht selber zeichnen konnte, hatte ihm das Schicksal geholfen. Lazarus erkannte zuerst das

Herz auf seiner Brust. Der Körper war zwar geschrumpft, aber das Herz war immer noch groß. »Sneshana« las Lazarus in der Mitte des Herzens. Es war der Name seiner Mutter.

»Warum bist du nicht zurückgekommen?« fragte er.

»Junger Herr, ich kenne Sie nicht, und selbst, wenn ich Sie kennen würde, könnte ich Ihnen keine Antwort geben. Die Frage ist schwierig. Nicht einmal meinen Wächtern kann ich sie beantworten. Ich bin nur ein armer Sträfling. Eine Zigarette, und schon bin ich glücklich«, sagte er sanft.

Lazarus gab ihm das ganze Päckchen.

»Herzlichen Dank, junger Herr, ich werde Sie nie vergessen.«

»Das hast du schon, Ibro«, sagte Lazarus, »das hast du schon«, und fuhr weiter. Im Rückspiegel sah er ihn noch einmal. Ibro stand in der Mitte der Straße. In seiner Hand eine Schaufel, in seinem Mund steckte jetzt schon eine Zigarette. Das große, blaue Herz auf seiner Brust blieb ruhig. Es erholte sich von den Schlägen.

Zuerst wurde das Herz kleiner, dann der Mann, dann die Gruppe und dann auch der Wildbirnenbaum. Alles wurde kleiner und verschwand hinter Lazarus. Nur der Name blieb bei ihm. Groß, blau und schmerzvoll, wie mit einer Nadel gestochen. Er ließ sich nicht abwischen. Er ließ sich nur versteckt tragen. Es war der Name seiner Mutter.

Am späten Nachmittag erreichte er seine Heimatstadt. Einundzwanzig Jahre war er nicht mehr hier gewesen. Einundzwanzig Jahre hatte er sie auf seinen staubigen Wegen gemieden, wie eine große, tiefe Grube, in der Menschen,

Tiere, Autos, Wege und Welten verschwanden. War nicht diese Stadt die Leere, die er seit Jahren in sich trug? Er konnte es nicht sagen, er fuhr einfach. Es war eine kleine Stadt. Rathaus, zwei Hotels, ein Postamt, fünf Kirchen, eine Moschee und das Denkmal eines Unbekannten Soldaten. Dies bot sie dem Blick des Fremden. Den Rest behielt sie für die, die in ihr lebten. Lazarus kam sie nun noch kleiner vor, als er sie in Erinnerung gehabt hatte. Dreiundzwanzig Mäuse waren hier einst gestorben, während er zu lieben gelernt hatte, und doch war er unwissend geblieben. Wie viele Leben braucht man denn, um richtig lieben zu lernen? Er wußte nicht, wie er das Haus seiner Eltern erreicht hatte. Er hielt seinen Wagen an.

Sie waren im Hof. Seine Mutter saß auf einem Stuhl, sein Vater stand hinter ihr und schnitt ihr graues Haar. Seine Bewegungen waren schnell und geschickt wie früher, nur daß er jetzt eine Brille trug. Bei ihm schienen nur die Augen gealtert zu sein, bei ihr das Haar. Die Schere in seiner Hand glänzte wie ein unruhiger Fisch, der laut zubeißt und immer hungrig bleibt. Lazarus blieb in seinem Wagen und beobachtete die beiden. In seinem Mund klebte Staub, in seiner Kehle ein Name. Er wollte ihn nicht aussprechen. »Warum bist du all diese Jahre nicht zurückgekommen?« hätte er dann hören müssen. Onkel Ibro hatte recht, es war eine schwierige Frage. Lazarus wartete, bis ihre Frisur fertig war, sah, wie sie sich zufrieden in dem kleinen Spiegel anschaute und die Haare, die nun im Spiegel nicht mehr zu sehen waren, schnell wegkehrte und in den Müll warf. Sie war ihnen böse, daß sie alt geworden waren. Lazarus fuhr weiter. Er hatte den Namen nicht ausgesprochen. Er blieb in seiner Brust verborgen. So, im Verborgenen, wollte er ihn weitertragen, denn keiner sollte wissen, daß es der Name einer Zigeunerin war.

Der Himmel vor ihm war groß und blau, die Stadt hinter ihm wurde klein und verschwand, wie vom Himmel in den Boden geschlagen. Rundherum war es blau und ruhig wie in der Mitte eines Herzens.

Er wußte später nicht, warum er nach Sofia gefahren war. Aber er kam gerade richtig, um mitzuerleben, wie das Mausoleum des Genossen Dimitrov gesprengt wurde. An der Stelle, wo einst die mumifizierte Leiche Dimitrovs gelegen hatte, stieg jetzt der Rauch gegrillter Cevapcici zum Himmel empor. So schnell entsteht ein Lunapark. Nicht nur Lazarus, auch der Staat versteckte seine Vergangenheit, das beruhigte ihn. Er bekam Hunger und bestellte Cevapcici. Während er aß, erinnerte er sich, daß er einmal mit seiner Schulklasse nach Sofia gereist war, um das Mausoleum zu besuchen. Er war damals zehn Jahre alt und Genosse Dimitrov war die erste und immer noch einzige Leiche, die er in seinem Leben gesehen hatte. Genosse Dimitrov hatte es bequem. Er lag im Anzug im Zentrum eines verglasten Raumes, als ob er sich gerade zwischen zwei Parteisitzungen ein Nickerchen gegönnt hätte. Man ging um ihn herum und sprach leise. Sein Schlaf schien sehr, sehr wichtig für das Land zu sein.

»Seht ihr, Kinder, das ist unser Führer«, sagte die Lehrerin leise und wichtig.

Der Führer blieb liegen. »Genossin Lehrerin, muß er sich denn immer tot stellen, wenn Besucher kommen?« fragte eine Schülerin.

»Nein, er liegt immer so, seit vielen Jahren.«

»Ist er denn tot?«

»Er war ein großer Mensch, und große Menschen sterben nie, sie leben weiter in unseren Herzen«, sang die Lehrerin beinahe.

»Lebt er auch in deinem Herz?« fragte Lazarus einen Mitschüler.

»Weiß nicht, aber wenn die Genossin Lehrerin es sagt«, antwortete der.

Lazarus' Herz war damals sehr klein und er fand es beeindruckend, daß ein so großer Mensch wie der Genosse Dimitrov hineinpassen sollte. Wahrscheinlich mußte er dafür vorher in seinem Herzen etwas Platz machen. Hätte er auch gern getan, denn er fand den toten Genossen sehr sympathisch. Nur hätte er dafür wissen müssen, wer in seinem Herzen lebte. Und das wußte er damals nicht.

Jetzt schaute sich Lazarus um und versuchte sich vorzustellen, wo genau die Mumie gelegen hatte. Die Stelle war nun von einem Karussell besetzt. Auf bunten Pferden, Elefanten, Bären und Schwänen saßen Kinder und drehten sich im Kreis. In einer kleinen, verglasten Hütte daneben saß ein Herr im Anzug, der an den Genossen Dimitrov erinnerte, und verkaufte Karten. Er zählte sein Geld und lächelte. Er war zufrieden. Seine bunten Tiere wärmten die Herzen der Kinder, und das Geld wärmte seines. Lazarus kam er wie ein Toter vor, der sich, immer wenn Besucher kamen, lebendig stellte. Da begriff Lazarus, daß er nur noch eines wollte, dieses Land so schnell wie möglich verlassen. Er schickte die Hälfte seines Geldes dem Bruder, und mit dem Rest begann er, seine Flucht zu planen. Er kannte die richtigen Leute und zahlte in der richtigen Währung, der Deutschen Mark. Im Jahr 2000 war es dann so weit. Er wurde zuerst nach Tschechien gebracht, wo man ihm die besten Menschenschmuggler empfohlen hatte. Es handelte sich um eine Firma in Brno. Sie produzierte Särge von bester Qualität, die sie dann nach Österreich lieferte. So geschah es, daß Lazarus in einen Sarg stieg.

Nun fährt er gerade in einem Lastwagen voll Särgen in Richtung Grenze. Der Gedanke, daß in den anderen Särgen vier Albaner, zwei Bosnier und ein Rumäne liegen, beruhigt ihn. »Soviel Geld, und so unbequem!« denkt Lazarus gequält. »Nie wieder kriegt man mich in einen Sarg.« Er hat Lust zu reden, aber die Bosnier liegen zu weit weg. Nur der Rumäne kann ihn hören. Er spricht ein paar Worte Bulgarisch, weil er früher in seiner Heimat bulgarisches Fernsehen empfangen und viel geschaut hat. Leider beschränken sich seine Kenntnisse auf den Bereich des Fußballs.

»Mirca, was ist, wenn sie uns erwischen«, fragt Lazarus.

»Dann zeigt uns der Schiedsrichter die rote Karte«, antwortet eine fahle Stimme.

Plötzlich bleibt der Lastwagen stehen. Die Tür zum Laderaum wird geöffnet.

»Psst, jetzt! Gleich sind wir an der Grenze«, verkündet die Stimme des österreichischen Fahrers wie aus dem Jenseits. Es wird still. Der Wagen fährt langsamer weiter. Lazarus schließt die Augen.

»Tiefer zu fallen ist unmöglich«, geht es durch seinen Kopf, bevor er jedes Gefühl für Zeit verliert. Er weiß nur, daß er warten muß. Warten, bis auch diese Ewigkeit vergangen sein wird. Der Wagen schaukelt und schaukelt.

Einer nach dem anderen, werden die Gedanken aus seinem Kopf vertrieben. Was bleibt, ist eine Dauer, ein Warten, ein Schaukeln. Lazarus ist eingeschlafen.

»Lazarus, komm heraus!« Eine laute Stimme weckt ihn. Jemand tritt mit dem Fuß gegen seinen Sarg. Der erbebt. »Wir sind da. Wir sind in Österreich!« hört er. Lazarus hebt den Deckel, setzt sich auf und steigt aus seinem Sarg. Es dauert eine Weile, bis er sich an das Licht gewöhnt. Er sieht zuerst nur die vielen Särge um sich. Einige sind geöffnet. Schlaftrunken durchquert er den Laderaum und springt hinaus auf die Fahrbahn. Dort, hinter dem Laster, ist die Gruppe versammelt. Alle strecken ihre verspannten Glieder, um sie auf das neue Leben vorzubereiten. Lazarus stößt zu ihnen und tut dasselbe für seinen dreiundvierzig Jahre alten Leib. Einer der Bosnier schiebt ihm ein Stück Brot in die Hand. Es ist trocken und riecht nach Benzin. Lazarus beißt hinein. Und es schmeckt ihm.

Spas schläft

Man fand ihn unter einem Plakat. »Lebt und arbeitet in Wien«, stand auf dem Plakat. Er hatte beides erfüllt, nun lag er friedlich darunter. Er lag auf dem Rükken. Wie eine brennende Kerze, die man Toten zwischen die Hände schiebt und die sie dann brav, wenn auch teilnahmslos halten, hielt er eine halbvolle Dose Bier über seinem Bauch. Aber der Mann war nicht tot. Auf dem Plakat stand ja nicht »Arbeitet und stirbt in Wien«. Der Liegende lebte. Er schlief nur, und weil er im Schlaf nicht redete, konnte keiner merken, daß er ein Ausländer war. Er hieß Spas Christov. Hätte man in die Innentasche seiner Winterjacke gegriffen, hätte man dort einen abgelaufenen Studentenausweis gefunden, in dem man auf denselben Namen gestoßen wäre. Der Name war echt. Der Ausweis war auch echt, nur abgelaufen.

Spas Christov hatte an diesem kalten Jännerabend des Jahres 2001 nichts Falsches bei sich. Er war sechsunddreißig Jahre alt, aber im Schlaf schaute er älter aus, weil er gerade träumte, und in seinen Träumen erlebte er Dinge, die entweder nie oder erst später geschehen sollten. Er sprach nicht im Schlaf. Nur ab und zu bewegte er seine Lippen. Hätte jemand für eine Weile sein Gesicht beobachtet, hätte er bemerkt, daß diese Lippen zwar unregelmäßig, aber immer wieder ein und dasselbe Wort formten. Man hätte das Wort sogar leicht ablesen können, so deutlich formten es seine Lippen. Man hätte nur bleiben und einen ruhigen Blick auf Spas' Gesicht werfen müssen, und man hätte das Wort erkannt. Aber man blieb nicht. So blieb auch das Wort unerkannt, so wie es unerhört geblieben war. ›Arbeit‹ war das Wort, das Spas' Lippen keine Ruhe gönnte. Unermüdlich drängte es aus seinen Träumen. Es schaffte und schaffte es nicht, Wirklichkeit zu werden. Es war nicht ein und derselbe Traum, den Spas in dieser Nacht träumte. Sie wechselten einander ab. Aber egal, wie oft sie wechselten, das Wort blieb dasselbe. Anfangs träumte er von seiner siebenjährigen Tochter. Sie trug ein hellgelbes Kleid mit Marienkäfern darauf.

»Vater, wo warst du die ganze Zeit?« fragte sie.

»Es hat ja nicht länger als sonst gedauert, mein Kind.«

»Doch, es war lange. Meine Puppe hat inzwischen geheiratet.«

»Wen denn?«

»Einen, der nicht so lange wegbleibt. Wo warst du?«

»Du weißt ja, in der Arbeit.«

Da bewegte sich sein Mund wieder. Im Schlaf schaute Spas älter aus, weil er oft von Dingen träumte, die erst später oder gar nie passieren sollten. Er hatte keine Tochter. Er hatte keine Frau. Er hatte nicht einmal die Bewilligung, hier zu sein.

»Was haben Sie? Was ist mit Ihnen?« fragte ein junger Passant, der ihn gerade entdeckt hatte. »Hören Sie mich? Können Sie sprechen? Verstehen Sie Deutsch?« Der Passant sah, wie Spas' Lippen still Platz für ein Wort machten.

Arbeit war das erste Wort, das Spas auf deutsch gelernt hatte. Es war weder das Wort Liebe noch das Wort Hoffnung, geschweige denn Glaube. Denn ohne Arbeit gab es nichts als Angst. Dies war das Wort am Anfang. Erst dann kamen die vielen anderen. So war es für jeden Flüchtling. Warum sollte es für Spas anders sein? Er war ja auch einer. Er war vor elf Jahren aus Bulgarien geflüchtet, voller Liebe, Hoffnung und Glauben. Er wollte in Wien leben, lieben und geliebt werden. Also kam er. Niemand kannte ihn, niemand wartete auf ihn. Aber man wußte schon, daß viele wie er kommen würden. Man war vorbereitet. Für solch plötzliche Besucher gab es Anstalten. Es gab das Lager Traiskirchen. Man wies ihm den Weg dorthin. Spas war glücklich. Er war endlich dort angekommen, wo er erwartet wurde. Er war aber leider nicht der einzige. Viele waren schon da, noch mehr kamen. Alle mit derselben Hoffnung, mit demselben Glauben. Und alle wollten das gleiche wie er. Menschen sind gleich, egal woher sie kommen und wo sie ankommen. Sie kamen und kamen, mehr als erwartet. Und wo so viele Menschen kommen, ändert sich auch das Gesetz. Asyl kriegte man nicht mehr. Man bekam nur sechs Monate Aufenthaltserlaubnis, danach wurde man abgeschoben. Es sei denn, man fand Arbeit. Arbeit war das Wichtigste. Jeder suchte sie, nicht jeder fand sie. Und die, die sie nicht fanden, mußten zurück. Arbeit war ein magisches Wort. Alle anderen waren ihm unterworfen. Es allein bestimmte alles. Arbeit war mehr als ein Wort, es war die Rettung.

»Ich suche Arbeit«, war der erste Satz, den Spas auf deutsch gelernt hatte. »Hast du schon Arbeit gefunden?« »Hast du von einer Arbeit gehört?« fragten die Flüchtlinge einander jeden Tag. Spas entdeckte, daß die Flüchtlinge sich untereinander, egal, was sie vorher gewesen waren, in zwei Gruppen teilten: in solche, die Arbeit hatten, und in solche, die keine hatten. Man traf sich lieber mit solchen, die eine hatten. Man borgte jemandem erst dann Geld, wenn er Arbeit gefunden hatte. Spas erfuhr auch, daß es schwarze und weiße Arbeit gibt. So wie das Brot. Nur daß die weiße Arbeit jedem besser schmeckte. Von einer offiziellen Arbeit träumte jeder, sie war die Rettung. Aber auch die schwarze war etwas. Sie war ein Trost. Also tat man alles, um zu irgendeiner Arbeit zu gelangen. Man hörte von amerikanischen Sekten, die ihren Mitgliedern Arbeit verschafften. Also ließ man sich taufen. Man hoffte nicht, Gott zu finden, sondern Arbeit. Man ging zu ihnen. Man wurde naß. Man tropfte. Man lächelte schüchtern. Die Gemeinde freute sich. Mehr bekam man von dem Wunder der Taufe nicht mit, aber manchmal bekam man Arbeit, und das kam einem Wunder gleich. Manche ließen sich ein paar Mal taufen, aber es geschah kein Wunder. Sie waren nur öfter naß. Das machte nichts. Es war nur Wasser. Sie trockneten sich schnell ab und suchten weiter. Eine wirklich reinigende Suche.

Die offizielle Information lautete: Man bekommt Arbeit nur dann, wenn man eine Arbeitsbewilligung hat. Und eine Arbeitsbewilligung bekam man erst dann, wenn man eine Arbeit hatte. Viele Herzen zerbrachen an diesem Paradoxon. Sie wurden kalt und unempfindlich. Man griff sich selbst oder die anderen an. Man verlor ab und zu Zähne. Geduld und Hoffnung hatte man schon verloren. Man zitterte wie nach einer Taufe, aber man trocknete nicht. Man wollte trinken. Man griff nach einer Flasche. Es gab so viele auf dem Regal. Schön geordnet in schönen Geschäften. Man nahm eine mit. Bezahlen wollte man sie später. Eben wenn man eine Arbeit hatte. Gewissen hatte man noch, aber kein Geld. So war es bei manchen, nicht bei allen. Die meisten gaben nicht so leicht auf. Spas gehörte zu ihnen.

Er war aber auch mit der Vorstellung gekommen, hier zu studieren. Er war fünfundzwanzig Jahre alt, hatte sein Geschichtsstudium in Bulgarien unterbrochen und wollte es hier fortsetzen. Er gab diese Vorstellung nicht auf. Viele hatten das schon getan, er nicht. Aber es war schwer, denn er war allein mit all seinen Hoffnungen und Träumen. Man braucht jemanden, mit dem man sie teilen kann. Freunde braucht man, oder zumindest einen. Auch wenn die Suche nach Arbeit die Menschen entzweite. Spas hatte Glück. Im Lagerhof traf er einen Mitschüler aus der Volksschule. Er hieß Ilija.

Sie hatten sich früher oft geprügelt. Ilija hatte Spas zwei Finger gebrochen, Spas ihm die Nase. Wenn sie aufeinander stießen, gab es gewöhnlich zerkratzte Gesichter, blaue Flecken, staubige Haare, verheulte Augen. Viel Leid hatten sie einander angetan. Blut lag zwischen ihnen, das Blut einer Kindheit. Sie erkannten und umarmten einander. Ilija hatte fünfzig Schilling. Er hatte sie von der Caritas für eine Fahrkarte nach Traiskirchen bekommen. Ilija sprach gut Englisch. Er konnte erklären. Jetzt hatte er fünfzig Schilling. Sie kauften zwei Flaschen Wein und tranken. Das Rot des Weins lag zwischen ihnen. Das Rot der Kindheit, das Rot des Kommunismus und auch die Morgenröte. Viel Rot lag zwischen ihnen. Sie teilten es. Ihre Herzen waren erwärmt, die Wangen durchblutet. Ihre Augen, rot von der durchwachten Nacht, blickten in die Zukunft. Sie waren Freunde.

Spas wurde in ein Asylantenheim in den Bergen geschickt. Ilija in eine Pension nahe bei Wien. Spas versprach, so schnell wie möglich zu kommen. Dort, wo Spas hingeschickt wurde, gab es nur Bäume, Berge, Wiesen und viel, viel Zeit. Das nächste Dorf war sechs Kilometer entfernt. Es war ein guter Ort für einen Urlaub. Nur daß in der Pension keine Urlauber wohnten. Es lebten dort vier Flüchtlinge aus Rumänien.

»Arbeit nicht hier. Hier nur Ruhe. Ruhe, die unruhig macht. Arbeit nur in Stadt. Großstadt viel Arbeit«, sagten sie ihm auf deutsch. Sonst sprachen sie nur Rumänisch. Sie warteten. Warten war für sie einfacher. Warten konnte man sprachlos. Suchen nur auf deutsch. Spas hatte schon begriffen, daß eine Arbeit wichtiger ist als ein Dach über dem Kopf für sechs Monate. Nur wer Arbeit hatte, durfte bleiben. Wer Arbeit hatte, hatte ein Zuhause. Er verließ das Asylantenheim. Er brauchte ein Zuhause.

Ilija wartete auf ihn. Tagsüber fuhren sie nach Wien, um Arbeit zu suchen. Nachts schliefen sie in einem Bett und träumten, eine gefunden zu haben. Beide wollten auch studieren. Ihre Diplome waren das einzige, das sie mitgenommen hatten.

Sie bewarben sich und wurden aufgenommen. Sie inskribierten an der Uni Wien. Spas Geschichte, Ilija Politikwissenschaft. Danach erfuhren sie, daß auch bleiben durfte, wer studierte. Das war eine kleine Erleichterung. Das erfuhren auch andere. Viele Flüchtlinge inskribierten. Sie brauchten Erleichterung. Trotzdem blieb die Arbeit das Wichtigste. Man brauchte sie auch, um studieren zu dürfen. Ab und zu plakatierten sie, verteilten Zettel, verkauften Zeitschriften. Kleine Jobs unter freiem Himmel, unbeständig wie das Wetter und gepeitscht vom kalten Donauwind. Kleine Jobs, die keine Zuflucht waren.

Zwischen der Herkunft und der Arbeit gab es Zusammenhänge. Spas kam dahinter, daß nur die wenigsten Bulgaren und Rumänen, die er kannte, Arbeit hatten, dafür aber alle Polen. Sei es auch schwarz, sie hatten eine. Die Polen halfen einander gegenseitig. Mehr als die anderen. Es war besser, ein Pole zu sein. Grieche zu sein, war noch besser, das wußte Spas auch. Als Grieche hatte er gleich Arbeit gefunden, noch am Telefon. Aber er ging sich dann nicht vorstellen. Er war kein Grieche. Ein Pole aber brauchte kein anderer zu sein, er fand auch als Pole Arbeit. Ein Pole zu sein, war mehr, als einer Nationalität anzugehören. Ein Pole zu sein, war schon ein Beruf. Am schlimmsten waren die Schwarzafrikaner dran. Ein Afrikaner zu sein, war eine Strafe. Am besten war es, ein Österreicher zu sein. Darüber waren sich alle Flüchtlinge einig, deswegen waren sie ja auch hier. Ein Österreicher zu sein, war eine Erlösung.

Spas und Ilija waren Bulgaren, und das bedeutete, auf der Suche zu sein, so wie viele andere Völker. Ein Bulgare war nur ein Flüchtling, einer unter vielen und unerlöst wie sie alle. Ein Bulgare zu sein, war nichts Besonderes. Es war ohne Bedeutung. Spas und Ilija waren Freunde. Und das bedeutete, zu zweit Arbeit zu suchen. Zu zweit ein Einzelbett und das Essen für eine Person zu teilen. Sie waren zwei Bulgaren. Zwei Bulgaren zu sein bedeutete, mit dem auszukommen, was eine Person braucht. Zwei Bulgaren bedeuteten so viel wie eine Person.

Anfangs suchten sie gemeinsam, dann getrennt, denn getrennt konnten sie gleichzeitig an mehreren Orten suchen, und wenn sie getrennt waren, suchte jeder Arbeit für zwei. Sie putzten den Schnee weg, sie putzten Gärten, sie putzten Lager, und sie schauten mit Ehrfurcht hinauf auf die, die die Straßen putzten. Ihre orangefarbenen Gewänder leuchteten. Man sah sie von weitem, wie viele aufgehende Sonnen. Himmelskörper, die ihre festgezeichneten irdischen Wege gingen. Unerreichbar waren sie. Sie waren von einem anderen Stern. Sie waren Österreicher. Nur Österreicher durften bei der Müllabfuhr arbeiten. Arbeit war ein magisches Wort. Nie bekamen Spas und Ilija das deutlicher zu spüren. Die Straßenkehrer waren Zauberer. An ihren Fingern glänzten Goldringe, an ihren Hälsen Ketten, geheimnisvoll ineinandergeflochten wie Schlangen, wie Wächter verborgener Schätze. Die Straßenkehrer waren eingeweihte Alchimisten. Sie kannten das Geheimnis. Sie sammelten Müll, der sich in Gold verwandelte und an ihnen leuchtete. Spas und Ilija sehnten sich danach, von solchen Händen bekehrt zu werden. Sie schauten hingerissen. Wunderschön waren diese Österreicher. Wunderschön wie eine Erleuchtung. Spas und Ilija wußten, man mußte bei jeder Arbeit glänzen. Das war die einzige Chance. Jeder Flüchtling wußte es. Es war ein harter Kampf, den anderen zu überschatten. Man erkämpfte Lichtblicke. »Ich kann hoch oben, bis in den Himmel hinauf, auf Gerüsten arbeiten. Aber auch unter der Erde, im Wasser und auf dem Boden. Tags oder nachts. Schwarz oder angemeldet. Ich bin bereit, und ich lerne schnell.« Das war es, was jeder Flüchtling ausstrahlte. »Ich suche Arbeit«, was er sagte. Und je mehr er sagen konnte, desto besser sein Licht. Die Sprache war wichtig. Spas und Ilija lernten schnell. Sie waren Freunde. Sie teilten alles, auch die Worte. Sie teilten sie einander mit. Was der eine konnte, konnte bald auch der andere. Worte gab es genug. Man brauchte sie nicht lange zu suchen. Sie waren überall. Man sollte sie nur ergreifen. Man brauchte Mut, wie immer bei der Begegnung mit dem Unbekannten. Spas und Ilija überlegten nicht lange, ob die Worte falsch oder richtig waren. Sie waren auf der Suche nach Arbeit, nach einer Rettung. Und die Worte boten Hilfe.

Spas und Ilija lernten, gleich ›ja‹ zu sagen, wenn man sie fragte, ob sie dieses oder jenes tun könnten, ob sie dieses oder jenes schon gemacht hätten. Sie sagten ›ja‹, noch bevor sie den Gegenstand der Arbeit kannten. Sie hielten nicht viel von Konjunktiven. Auf diese Weise fand Spas eine voraussichtlich langfristige Arbeit. Er fragte in einem Lokal. Er sagte ›ja‹. Er kriegte einen weißen Kittel. Er lächelte. Danach kriegte er eine weiße Haube. Schon war sein Lächeln angestrengter. Erklärungen und Einschulung dauerten nur dreißig Minuten. Und es geschah ein Wunder. Spas wurde über Nacht Koch. Er backte Schnitzel, Hühner, Champignons, Emmentaler, Pommes frites. Er kochte Eiernockerln, Frittaten- und Leberknödelsuppen, Frankfurter und Debreziner. Er briet Fleisch und Wurst. Er machte Salate. Einfach die österreichische Küche! Und gütig, sehr gütig war die Kellnerin Vesna. Sie half ihm. Sie war eine Serbin. Ihre Sprache war der seinen näher. Ihre Worte verstand er viel besser. Hilfreich und gütig waren sie. Erleichternd und gütig, die Worte, die wir verstehen. Der Lohn für Spas' Fleiß, Hingabe und Mut betrug fünfzig Schilling pro Stunde. Dazu kam noch das kostbare Versprechen des Besitzers, ihn eines Tages, eines hellen Tages, anzumelden. Spas kochte. Das ferne Licht dieses Tages vor Augen und den greifbaren Trost dieser Arbeit in der Tasche. Zur selben Zeit zog Ilija, in eine Bierhaube verwandelt, durch die Kärntner Straße. Auch er hatte Glück gehabt. Zwei Tage nach dem Wunder mit seinem Freund fand auch er Arbeit. Auch er hatte in einem Lokal gesucht und ›ja‹ gesagt. Nur daß er genau begriff, worum es ging. Auf seinem Rücken wurde ein Schild in Form einer Bierhaube befestigt, auf dem muntere, verlockende Worte standen. Ganz oben auf dem Schaum, der einer Wolke glich, stand die Adresse des Lokals. Eine klare Sache. Durchsichtiger als Taufwasser. Er sollte munter und spritzig sein, Vertrauen ausstrahlen und Gemütlichkeit vermitteln. Er sollte die Satten hungrig und die Gestillten durstig machen, er sollte Kunden gewinnen. Er sollte in die Welt gehen, auf die große, prachtvolle Straße, wo die Augen der Welt vom Glanz der Vitrinen schon gierig gemacht waren. Er sollte die Welt in das Lokal bringen. Lob und sechzig Schilling in der Stunde bringe ihm seine Mission. Ilija war einverstanden. Ilija war die frische, lebendige Werbung. Er zog als Bierhaube durch die Kärntner Straße. Es war Winter. Ihm war kalt. Ein Bier soll kalt sein. Er hatte einen bitteren Geschmack im Mund. Ein Bier soll bitter sein. Seine Augen waren vom Wind beschlagen wie Biergläser. Er war das, was er sein sollte. Um ihn schäumte die Welt. Er war eins mit der Welt. Er hatte Arbeit.

So wie alle Wunder waren leider auch diese nur von kurzer Dauer. Zuerst verlor Spas seine Arbeit. Nicht weil er schlecht kochte, sondern weil sein Chef Spielschulden hatte und das Lokal aufgeben mußte. Ilija wurde entlassen, weil ein anderer Flüchtling erschienen und bereit war, für fünfzig Schilling in der Stunde eine Botschaft zu sein. Ilija wäre auch dazu bereit gewesen. Aber niemand hatte ihn gefragt. Botschaften fragt man nicht. Sie werden weggeschickt oder erhalten. Nun schaukelte ein anderer, getrieben vom Menschenstrom durch die Kärntner Straße. Eine Botschaft in einer Haube. Der Inhalt war ein fremder. Aber die Botschaft blieb die gleiche. Sie blieb auf der Haube. Drinnen wechselten unsichtbar die Geister. Die Augen der Welt schauten nur auf die Wände. Man schaut nicht hinein. Man sperrt nicht auf. Man hat Angst vor Geistern. Spas und Ilija schreckte nur eines: daß sie wieder keine Arbeit hatten. Die Arbeit war ein Gespenst. Sie versteckte sich und quälte alle. Nur wer sie fand, fand Ruhe. Sechs Monate sollten reichen, meinte das Gesetz. Danach verfolgte es jeden, der noch ohne Arbeit herumspukte. Ein Exorzist, der meinte, sechs Monate würden reichen, um zu beweisen, wer Mensch ist, wer Geist. Die Welt sollte heil bleiben. Die Flüchtlinge wußten das. Sie befanden sich in einer heilen Welt, in der jeder Fremde auf die Probe gestellt wurde. Sie hatten gewußt, daß sie kämpfen müßten. Sie waren nur überrascht, daß sie in dieser heilen Welt auch mit so vielen Ängsten kämpfen mußten. Sie begriffen nur schwer, daß das Gesetz sie selber in Angst verwandelt hatte. Sie waren die Ängste der heilen Welt. Aber sie hatten keine Zeit, es zu begreifen. Sie mußten Ängste bekämpfen und sie bekämpften einander.

Spas und Ilija hatten noch vier Monate Frist, um sich zu bewähren. Sie kamen mit wenig aus. Ihnen hätte auch eine schwarze Arbeit gereicht. Denn sie waren Studenten, und als solche durften sie bleiben. Das entspannte sie ein bißchen. Richtig aufatmen konnten sie nicht. Sie suchten weiter. Um zu suchen, brauchte man Geld. Sogar wer umsonst suchte, mußte zahlen. Jeder Anruf, jede Fahrt kostete nicht nur Kraft, sondern auch Geld. Kraft hatten sie noch. Das Geld ging ihnen aber langsam aus. Sie begannen, nach leeren Pfandflaschen zu suchen. Dann konnten sie wieder anrufen. Jede Flasche war eine Botschaft. Lang ging es so nicht. Sehr bald waren die Flaschen genauso schwer zu finden wie die Arbeit. Sie waren keine Lösung. Also suchte man nach einer anderen. Ilija hörte von einem Kurden, daß die Caritas jedem Flüchtling, der zurück in die Heimat wollte, Geld für die Reise gab. Spas hörte es von einem Inder, und beide hatten es schon einmal von einem Polen gehört. Es sollte also wahr sein. Und wenn nicht, was soll's. Ilija kannte den Weg. Die Caritasbeamten kannten viele wie Ilija. Sie wußten, daß die Bedürftigen einfallsreicher als der Teufel waren, und versuchten, Lüge von Wahrheit zu unterscheiden. Spas und Ilija kannten den Teufel nicht, und von allen Wahrheiten wollten sie nur eine herausfinden: ob die Caritas wirklich Geld für die Rückreise hergab. Mehr erhofften sie sich nicht. Sie kamen unbeschwert und bescheiden. Ihr Deutsch war noch nicht so überzeugend. Also sprach Ilija Englisch. Spas sagte nur ab und zu ›ja‹. Manchmal auch zweimal hintereinander. Je nach Gefühl. Man glaubte ihnen, daß sie zurück in die Heimat wollten, und gab ihnen Geld, mit dem sie weiter Arbeit suchen konnten. Man gab ihnen Geld für die Fahrt, und sie fuhren auch tatsächlich. Nur fuhren sie nicht heim, sondern durch die Stadt.

Aber sie fuhren. Man hatte ihnen geglaubt, weil sie nicht gelogen hatten. Für einen Flüchtling war Heimat und Arbeit das gleiche. Spas und Ilija freuten sich sehr auf das Geld. Sie liebten alle Kurden, Inder und Polen. Sie liebten die Caritas. Sie liebten die Welt. Sie brauchten wenig, um zu lieben. Weniger als eine Person.

Als ihnen auch dieses Geld ausging, begannen sie, Blut zu spenden. Sie gaben ihr Blut, um fremde Leben zu retten, und kriegten Geld, das ihr Leben rettete. So wie die Menschen wurde auch das Blut in Gruppen geteilt. Nur daß jede Blutgruppe gleich viel wert war wie die anderen. Blut konnte jeder geben. Man brauchte keine Erlaubnis. Blut brauchte man immer, manchmal sehr dringend. Dringender als jede Genehmigung, jede Erlaubnis. Es reichte, daß es rein und gut war. Spas und Ilija hatten Blut. Es war rein und gut. Sie gaben es. Nebeneinander liegend schauten sie auf die roten Glasbehälter. Sie sahen das Blut ihrer Kindheit. Sie brauchten einander nicht mehr die Nasen zu brechen, um es zu sehen. Ihnen war schwindlig wie in einer Wiege. Man gab ihnen Süßigkeiten, man gab ihnen zu trinken, man war gut zu ihnen. Sie lachten wie Kinder. Sie bekamen Geld. Mit dem Erlös für das Blut ihrer Kindheit suchten sie weiter Zuflucht. Sie suchten, denn nur von Blut und Erinnerung allein konnte man nicht leben. Soviel Blut hatte keiner, so nahrhaft war keine Erinnerung. Arbeit lautete das Ziel. Eine langfristige Arbeit bedeutete mehr als Blut und Erinnerung.

Dann hörten Spas und Ilija von einem Ort, wo man statt zu suchen nur zu warten brauchte. Er befinde sich in der Herbststraße gegenüber dem Arbeitsamt. Dorthin sollten sie gehen. Arbeiterstrich würde er genannt, sagte ihnen ein Landsmann. Sie gingen. Gegenüber dem Arbeitsamt stand eine lange Reihe von Menschen. Männer aus den verschiedensten Ländern. Spas und Ilija stellten sich zu ihnen. Autos fuhren langsam vorbei. Manchmal hielten sie an und nahmen einen aus der Reihe mit. Es waren wichtige Autos. Drinnen saß jemand, der wählte und Gnade verteilte. Es gab nicht viel davon, aber an manchen Tagen reichte sie auch für Spas und Ilija. Sie renovierten dann Wohnungen oder bauten Häuser. Die Tage waren lang, die Hände überzogen sich mit Schwielen, die Fingernägel zerbrachen. Erst dann durften sie auch das ersehnte Geld angreifen. »Wißt ihr, Burschen«, sagte ihnen einmal der Meister. Es gab immer einen Meister. Dieser war ein Kroate. »Wißt ihr«, sagte er nach der Arbeit, »gestern war ich mit Freundin zusammen. Ich sie sehr liebe. Gestern noch mehr. Ich will ihre Schenkel streicheln. Warte, warte, sagt sie. Du machst meine Strumpfhose kaputt. Deine Hände wie Schleifpapier.« Er lachte. Spas und Ilija lachten auch. Sie hatten zwar keine Freundinnen, aber sie hatten Hände, die jede Strumpfhose der Welt kaputt machen konnten.

Die Arbeiten waren leider sehr unsicher. Unsicher wurde auch der Arbeiterstrich. Es kamen Polizisten und fragten, was man hier mache. Man warte auf Freunde, wußte ein jeder zu antworten. War es denn nicht die Wahrheit? Die Polizisten lächelten und kamen in Zivil. Sie kamen als Freunde. Sie saßen in Autos und boten Arbeit an. Manche stiegen ein. Dort wo sie ankamen, gab es ja auch genug zu tun. Spas und Ilija wurden von einem Albaner gewarnt, der diesen unseligen Weg schon kennengelernt hatte. Sie dankten und verließen den Strich. Alles war wieder beim alten. Nur die Frist war geschrumpft. Und ein bißchen ihre Hoffnung. Und auch ein bißchen ihr Glaube. Aber sie brauchten nicht viel. Es reichte, wenn einer noch hoffte, wenn einer noch suchte. Wer das war, war doch egal. Und eines Tages geschah es, daß sie wirklich Arbeit fanden. Eine schwarze, aber langfristige Arbeit. Wie gewohnt hatten sie ›ja‹ gesagt und begannen nun als Kellner in einem Lokal.

Ihre Schicht endete zwischen zwei und drei Uhr morgens. Zurück ins Asylantenheim konnten sie nicht mehr fahren. Es war schwer gewesen, Arbeit zu finden, noch schwieriger aber war, sie zu behalten. Das wußten die beiden sehr gut. Ohne Dach über dem Kopf konnte man leben, nicht ohne Arbeit. Also schliefen sie auf der Straße. Sie lagen in Parks, versteckt im Gebüsch, und versuchten zu schlafen. Viel zu kalt war es noch. Ein Obdachloser gab ihnen den Rat, nach großen Behältern zu suchen. Sie seien gemütlich, trocken und voller Sand. Zum Streuen bei Schneefall. Er hatte recht. Die Behälter waren gemütlich. Dort schliefen Spas und Ilija, danach gingen sie kellnern. Eines Nachts schneite es. Jemand suchte nach Sand und fand Spas und Ilija. Er erschrak nicht. Er kannte sich mit Schnee, Sand und Menschen aus. Er war ein Russe, ein Flüchtling namens Mischa. Spas und Ilija konnten Russisch. »Ich weiß was Besseres«, meinte Mischa. Sie folgten ihm. Er führte sie zu einem Depot und küßte dreimal den bärtigen Wächter. Der Wächter umarmte danach Spas und Ilija. Sein Name war Georgi. Sein Herz war groß und ertrug die Einsamkeit nicht. So wie das Herz aller Georgier. Im Hof zeigte Mischa ihnen einen Zug. Fünf alte, abgestellte Waggons, die einmal durch die Welt gereist waren. Sie hielten noch fest zusammen, noch fester durch den Rost, aber sie reisten nicht mehr. Es war ein Zug, der nirgendwohin fuhr. Alle drei stiegen ein. Fast in jedem Abteil schliefen Leute. Auch Spas und Ilija durften drinnen schlafen. Mischa führte sie zu ihrem Abteil. Man brauche hier nicht zu bezahlen. Man sollte nur ab und zu den Wächter umarmen, mehr nicht, sagte Mischa und ging ins benachbarte Abteil schlafen. Jeden Morgen stiegen aus dem Zug Leute aus, die arbeiten gingen. Ein Zug, der nirgendwo hinfuhr, brachte sie zu ihren Arbeitsplätzen. Bald lernten Spas und Ilija alle anderen Passagiere kennen. Am liebsten mochte Spas den Rumänen Jakob und seine sechsjährige Tochter Anka. Sie hatte immer einen hellgelben Rock mit Marienkäfern darauf an und spielte Flöte. Spas hatte Anka am liebsten. Er wünschte sich oft, so eine Tochter zu haben. Eine Frau wünschte er sich auch, aber mehr noch eine Tochter. Er sah Anka einmal in einer U-Bahnstation spielen. Er gab ihr Geld, aber sie erkannte ihn nicht. Sie spielte weiter. Während sie musizierte, konnte sie nur den erkennen, für den sie spielte. Sie hatte nicht für Spas gespielt. Damals habe sie für ihre Mutter gespielt, und sie lebe weit, weit weg, hatte sie ihm danach im Zug erklärt. Spas brachte ihr oft Süßigkeiten, und einmal kaufte er ihr sogar eine kleine Puppe. Alle brachten ihr etwas, alle liebten sie. Sie war die einzige Frau unter ihnen. Alle gaben ihr die Liebe, die sie vermißten.

Am lustigsten von allen waren der Nigerianer Sunday und der Ghanese Samuel. »Sunday, gibt es in Nigeria Krokodile?« fragte ihn Ilija einmal. Es war Nacht. Ilija und Spas hatten frei. Es war zu kalt, um zu schlafen, und sie saßen gemeinsam mit Sunday und Samuel in einem Abteil. Eine Flasche Schnaps wechselte im Dunkeln ihren Besitzer, wie bei einer langen und fröhlichen Reise. »Krokodile gibt viel in Nigeria. Krokodile immer sehr, sehr hungrig. Sie suchen Essen. Mensch muß aufpassen. Mensch glaubt, er ist viel, aber für Krokodil auch nur Essen«, begann Sunday und machte einen Schluck. »Es gibt aber ein Dorf, dort ich sehr viele gesehen. Eines über dem anderen im Teich. Dort sind sie heilig. Sie sind hungrig wie alle, aber heilig. Sie suchen nicht Essen. Man gibt ihnen Essen. Ich gesehen. Man wirft es von weitem. Sie springen übereinander, und alles Essen schnell weg. Manche bleiben natürlich hungrig, weil so viele Heilige.« Sunday lachte. Er war in Nigeria zum Tode verurteilt worden und hatte noch einen Monat Zeit, um Arbeit zu finden. Sunday lachte. Er hatte auch Hunger. Er war ein Heiliger zu viel. Es lachten alle. Es war kalt im Zug. Schlafen konnte man nicht, aber lachen konnte man.

Spas und Ilija waren gute Kellner. Sie arbeiteten immer zusammen. Ihr Deutsch war noch nicht so gut, und es war schwer. Aber wer ein Wort nicht verstand, fragte den anderen. Das Wort, das der eine nicht kannte, kannte der andere. Wenn beide es nicht wußten, denn es wurden oft Dinge bestellt, die weder im Menü noch in einem Wörterbuch zu finden waren, dann waren ihre Logik, ihr Vorstellungsvermögen und ihre Intuition gefragt. Sie hatten anfangs Angst, jemanden nach einem Wort zu fragen, denn sie wollten weder das Gefühl erwecken, daß sie die Sprache schlecht verstanden, noch daß sie schlechte Kellner waren. Sie wollten die Arbeit behalten. Spas und Ilija waren Freunde. Sie teilten alles. Auch die Worte, die sie nicht verstanden. Und weil es noch genug davon gab, lernten sie, die Wünsche der Leute zu erraten. Spas und Ilija waren gute Kellner. Sie bekamen viel Trinkgeld, weil sie die Wünsche der Kunden erraten konnten, noch bevor diese sie aussprachen.

Aber Spas und Ilija wollten nicht nur arbeiten, sie wollten auch studieren. Sie hatten ihren gemeinsamen Traum nicht vergessen. Vor dem Studium mußten sie eine Prüfung in Deutsch ablegen. Zwar lernte man in einer Kneipe vieles, aber das Deutsch, das man dort lernte, reichte leider nicht, um eine Prüfung zu bestehen. Sie bezahlten einen Deutsch-Intensivkurs. Das Geld, das sie für jeden erratenen Wunsch bekommen hatten, gaben sie aus, um die vielen unverständlichen Worte, aus welchen jeder Wunsch bestand, zu erlernen. Man verlangte nach Kenntnissen und nicht nach Gefühlen. Man prüfte Grammatik und Regeln und nicht übersinnliche Fähigkeiten. Denn es prüfte das Gesetz, und es prüfte Menschen und nicht Geister. Spas und Ilija lernten Deutsch, kellnerten und schrieben ihre Hausaufgaben in einem Zugabteil. Manchmal halfen ihnen die anderen Passagiere. »Woher kommen Sie?« stand in dem Lehrbuch. »Aus der Not«, meinte Jakob. »Wie heißen Ihre Eltern?« »Schreibt Elend und Hunger«, schlug Sunday vor. »Meine Mutter heißt aber Irina«, sagte Anka traurig. »Deine Mutter ist ja etwas ganz anderes. Schreib ihren Namen mit dem Finger aufs Fenster. Durch die Buchstaben kannst du dann hinaussehen. Nur deine Mutter hat solche Buchstaben«, beruhigte sie Sunday. »Wo wohnen Sie?« lautete die nächste Frage in dem Buch. »In einem Luxus-Privat-Expreß«, ergriff Mischa das Wort. »Wohin fahrt Ihr?« »Am großen Geld vorbei«, sang Georgi. Es war lustig, gemeinsam die Hausaufgaben zu schreiben. Man hatte kein Haus, aber Aufgaben. Das war lustig genug.

Spas und Ilija schafften die Prüfung beim ersten Mal. Sie saßen im selben Zimmer hintereinander. Was der eine nicht wußte, wußte der andere. Als sie nach der Arbeit im Depothof ankamen, fanden sie alle vor dem Zug versammelt. Mischa und Georgi, der Wächter, beide besoffen, versuchten gerade, den Zug zu ziehen. Alle anderen lachten oder ermutigten sie. »Bitte, bitte nicht«, rief Anka, »sonst bleiben wir ohne Zuhause!« Georgi trafen diese Worte ins Herz, und sein Herz war groß. Er hielt an. »Hör auf, Mischa, laß den Scheiß!« befahl er. »Und übrigens, ich liebe euch alle und will nicht, daß ihr weggeht«, sagte er noch und umarmte jeden mit derselben Kraft, mit der er den Zug gezogen hatte. Anka nicht. Anka hob er weit weg über die anderen und riet ihr, von der Milchstraße zu kosten. Es gäbe keine Milch da oben, meinte sie. »Na, dann trinken wir Wodka«, sagte er, und setzte sie wieder auf den Boden. Danach erfuhren alle, daß Spas und Ilija die Prüfung geschafft hatten. Das mußte gefeiert werden. Die beiden hatten auch etwas mitgebracht. Alle stiegen wieder in den Zug, und jedes Glas Wodka brachte sie eine Station weiter. Wohin sie fuhren, war ihnen egal. Nur Anka schaute durch das Fenster und bedauerte, daß der Himmel nicht näher kam, um sie von seiner Milch kosten zu lassen.

Mischa hatte Spas und Ilija empfohlen, fünftausend Schilling zu sparen, denn er kannte eine Wohnung, die man ohne Kaution bekommen konnte. Als sie das Geld endlich hatten, brachte er sie dorthin. Es war ein Haus, in dem nur russische Juden wohnten. Flüchtlinge, die darauf warteten, nach Amerika zu fahren. Man fragte Spas und Ilija, ob sie auch Juden wären. Spas antwortete automatisch: ›Ja.‹ Sie hätten die Wohnung auch so gekriegt, aber Spas sagte, er wäre ein Jude. Er wäre gern auch ein Pole und ein Grieche und besonders gern ein Österreicher gewesen, wieso dann nicht auch ein Jude. Er hatte oft keine Arbeit bekommen, weil man meinte, er käme aus der Türkei oder aus Jugoslawien. Und wenn er sagte, er käme aus Bulgarien, dann bekam er sie nicht, weil er plötzlich für einen Juden gehalten wurde. Juden konnten von überall kommen. Um Jude zu sein, brauchte man nur schwarze oder rötliche Haare zu haben und eine lange Nase. Spas hatte schwarze Haare und eine lange Nase. Er war zwar kein Jude, aber er hatte alles Recht dieser Welt, sich Jude zu nennen. Sie bekamen die Wohnung. Es war eine Ein-Zimmer-Wohnung mit Dusche und einer kleinen Küche. Sie konnten endlich studieren. Geld sparten sie auch, denn ihre Arbeit war schwarz, und bei solchen Arbeiten wußte man nie, wie lange sie dauerten. Und als die sechs Monate vorüber waren, konnten sie der Polizei Meldezettel, Versicherungsnummer, Inskriptionsbestätigung und ein Sparbuch zeigen. Wie üblich zeigten beide dasselbe Sparbuch. Das reichte. Und sie blieben in Österreich. Die Gesetze aber änderten sich ständig. Denn es kamen mehr und mehr Menschen. Sehr viele aus Bosnien. Die sechs Monate Frist gab es nicht mehr. Das Gesetz verkürzte und beschränkte alles. Orte, Flächen, Fristen und vor allem Bewegungen.

Es schob alle immer näher zur Grenze. Später sollten die Flüchtlinge schon an der Grenze angehalten und ihr Schicksal in drei Tagen entschieden werden. Das Gesetz kannte nur Grenzen, denn es war selbst eine. Die neuen Flüchtlinge verwandelte es noch schneller in Angst. Und es kamen Flüchtlinge, die nie erkrankten, weil sie keine Versicherung hatten. Die gut, schnell und fehlerlos arbeiteten, weil sie keine Zeit hatten, die Sprache zu erlernen, und nur durch ihre Taten sprechen konnten. Die kaum noch aßen, tranken und schliefen, die kaum noch atmeten, weil sie zu zehnt in Zwanzig-Quadratmeter-Wohnungen wohnten. Sie waren körperlos und geräuschlos wie Schatten. Das Gesetz verfolgte sie, erwischte sie aber immer seltener. Denn es war für Menschen geschaffen worden und nicht für Schatten.

Wo sich Gesetze immer wieder ändern, vergeht die Zeit schnell. Als Spas und Ilija nach einigen Monaten ihre Freunde im Zug besuchen wollten, fanden sie einen neuen Wächter. Er trank auch, hatte zwar keinen Vollbart, aber immerhin einen Schnurrbart. Nur daß sein Herz nicht so groß war wie das von Georgi. Und es konnte die Einsamkeit so gut ertragen wie die Nußschale den Druck kraftloser Hände. Erfahren hatten sie von ihm nichts. Er wußte nichts von dem Zug. Sie gingen bedrückt. Der Zug war doch abgefahren.

Nach einem Jahr trafen sie zufällig Mischa. Er fuhr Taxi. Er habe jetzt immer ein Dach über dem Kopf, er sammle Geld, um nach Südafrika zu fahren. Und die anderen? Nicht von allen wisse er etwas. Anka habe Glück gehabt. Ihr Vater habe jemanden gefunden, der sie adoptierte. So habe, wenn nicht er, zumindest sie hierbleiben können.

Sunday und Samuel wollten nach Holland ziehen. Ob sie dort angekommen waren, wußte er nicht. Über Georgi mache er sich keine Gedanken. Er habe ja eine Arbeitsbewilligung gehabt. Mischa versprach, sie zu besuchen, kam aber nicht. Vielleicht wollte er sich doch vorher in Südafrika umschauen. Die Jahre vergingen schnell. Sie vergingen in Angst um die Arbeit und mit den Bemühungen, studieren zu können. Spas und Ilija mußten auch eine Lateinprüfung ablegen. Die schafften sie auch. Aber das Studium ging nur sehr langsam voran. Es ging nicht schneller, weil sie viele Ängste hatten und viel arbeiten mußten. Die Arbeit war wichtiger. Sie war immer noch das Entscheidende. Spas und Ilija hatten nur wenig Zeit. Sie mußten der Polizei von Jahr zu Jahr immer mehr und mehr Geld vorweisen. Und sie sparten. Sie kamen mit wenig aus, aber um zu studieren, brauchte man, wenn schon nichts anderes, dann zumindest Zeit. Nach fünf Jahren hatten sie immer noch wenig Studienerfolge vorzuweisen. So konnte es nicht weitergehen, denn sie teilten denselben Traum. Ein gemeinsames Scheitern kam nicht in Frage. Es war immer möglich, viel eher möglich als die Erfüllung jedes Traumes. Und um zu scheitern, brauchte man auch nicht unbedingt Freunde. Beide fühlten, beide dachten das gleiche. Ilija sprach es aus: »Machen wir es so: Der eine arbeitet, der andere studiert. Er ist dann schneller fertig. Vielleicht kriegt er dann leichter eine offizielle Arbeit. Wenn nicht, arbeitet er schwarz, bis auch der andere mit dem Studium fertig ist.«

»Einverstanden, aber wer entscheidet?«

»Das Los«, sagte Ilija und zeigte auf einen Würfel.

»Wer zwei von dreimal das Höchste würfelt, studiert.«

Sie warfen. Ilija durfte studieren. Sie hatten alles geteilt. Die Gefühle nach dieser Schicksalsentscheidung behielt aber jeder für sich. Spas gehorchte, aber es tat weh. Sie kamen mit wenig aus, aber es schmerzte nicht wenig. Und dieser Schmerz ließ sich nicht teilen. Er war Spas' Eigentum. Ilija spürte das und tat alles, um diesen Schmerz zu mildern. Er wußte, daß sein Freund keine großen Vergnügungen haben konnte, also verzichtete er selbst auf Vergnügungen. Spas konnte keine Freundin haben. Also teilte Ilija seine Einsamkeit. Wo und was er teilen konnte, teilte er. Ein Jahr ging es gut. Danach verlor Spas die Arbeit. Die Gesetze waren sehr streng geworden. Immer öfter wurden die Lokale kontrolliert. Der Chef bekam Angst und entließ alle Schwarzarbeiter. Spas und Ilija waren wieder am Anfang. Sie mußten gemeinsam suchen. Mal fand der eine Arbeit, mal der andere. Kleine Jobs, die weder dem einen noch dem anderen halfen. Prüfungen mußten sie auch ablegen, denn ohne eine bestimmte Anzahl von Prüfungen bekam man kein Visum. So verging ein Jahr. Das Wort Arbeit dauernd im Mund und vor den Augen. Es lag auf dem Herzen, es beschwerte die Seele und die Träume. Sie waren wieder von dem Gespenst besessen. Das gesparte Geld schrumpfte. Immer näher kamen die Grenzen. In dem Haus wohnten viele russische Juden, die darauf warteten, nach Australien oder Kanada, die meisten aber nach Amerika fahren zu können. Manche brachten Spas und Ilija ab und zu etwas zu essen, manche borgten ihnen Geld, auf das sie am Tag der Abreise vor lauter Glück vergaßen. Die meisten von ihnen aber waren arm und zählten jeden Groschen, weil sie selber nicht wußten, wie lange sie noch zu warten hatten. Manchmal dauerte es ein Jahr, manchmal auch länger. So wie es eben das Schicksal wollte. Zeigte es sich in allen anderen Dingen geizig, so ging es mit der Zeit doch großzügig um. Spas und Ilija teilten dann mit ihnen die Unzufriedenheit und beklagten gemeinsam mit ihnen die Beschaffenheit der Welt im allgemeinen und der Hausbesitzerin im besonderen, die von ihnen höhere und höhere Mieten verlangte und einen Nutzen aus ihrem Ausgeliefertsein zog. Nach solchen Abenden gingen alle, wenn auch nicht befriedigt, so doch erleichtert zu Bett und ihr Schlaf war gut. Am meisten aber hatte den beiden Nadeschda Osipovna geholfen. Sie war Professorin für Literatur und wartete mit ihren zwei kleinen Kindern auf ein Amerika-Visum. Ihr Mann war schon dort und schickte ihr lange, rührende, von Selbstmitleid erfüllte Briefe, die in ihren Händen ganz still zitterten. Ein Zittern, das sich auch auf Nadjas Lippen übertrug. Spas und Ilija waren gern zu Gast bei ihr. Sie kochte wunderbar und sprach noch wunderbarer über russische Literatur. Nur bei ihr schafften sie es, sich zumindest für kurze Zeit von dem Phantom der Arbeit zu befreien. Wenn sie zitierte oder über Literatur sprach, steigerte sie sich in ihrer Liebe so sehr, daß Spas und Ilija danach leichtes Spiel hatten, sich von ihr Geld auszuborgen. Um sich zu bedanken, halfen sie ihr mal die Wohnung zu putzen, mal die Möbel neu umzustellen, mal reparierten sie Türen und Schubladen, mal Elektrogeräte. Sie gingen für sie einkaufen oder brachten ihre Briefe zur Post. Sie brauchte aber viel zu wenig, viel weniger als all das, was ihr die beiden geben wollten. Ihr schuldeten sie am meisten. Auch Geld. Als der Tag der Abreise kam, fragten sie nach ihrer Adresse, daß sie ihr zumindest das Geld nachschicken konnten. »Da drinnen steht sie«, sagte Nadja und reichte ihnen ein Kuvert. Danach umarmte sie beide und stieg mit ihren Kindern in ein Taxi. Von ihrem Verlust mitgenommen, vergaßen die beiden auf das Kuvert und öffneten es erst in ihrem Zimmer. Sie fanden fünfhundert Schilling und einen Zettel. Auf dem Zettel stand: »An den lieben Onkel in der großen Stadt.« Nadja liebte die Literatur, und Tschechov liebte sie am meisten.

Das Schicksal wollte es, daß Spas als Tischler Arbeit fand. Er hatte dieses Handwerk in der Schule gelernt. Er hatte zwar ein Gymnasium besucht, aber die kommunistische Regierung wollte, daß jeder Gymnasiast auch für das Berufsleben vorbereitet ist. Dieses Anliegen kam ihm jetzt zugute. Er begann als Tischler, und es schien, daß er dort bleiben konnte. »Soll ich weitersuchen oder studieren?« fragte ihn Ilija. »Studiere«, sagte Spas, obwohl er ein anderes Wort sagen wollte. Aber er haßte es viel zu sehr, als daß er es seinem Freund noch empfehlen konnte. Ilija studierte. Spas sägte, hobelte, drechselte. Ilija studierte langsam, dachte Spas und versuchte, ihn so wenig wie möglich zu treffen. Die Arbeit verlangte, daß Spas sein Studium unterbrach, und dadurch konnte er sein Visum nicht mehr verlängern. Das Visum lief ab, er blieb. Worauf er hoffte, wußte er nicht mehr. Mit ihm arbeitete ein fünfzigjähriger Tscheche namens Pavel. Er schlief während der Woche in der Werkstatt, am Wochenende fuhr er nach Hause. Die Tschechen brauchten kein Visum. Spas dachte, daß irgendwann auch Bulgaren kein Visum brauchen würden. Er hoffte es nicht, er dachte nur. Mit Ilija sprach er selten. Manchmal tranken sie eine Flasche Wein zusammen. Rot lag zwischen ihnen, aber es war nicht mehr rot genug. Spas hätte am liebsten wieder Ilijas Nase zerschlagen, um das Blut ihrer Kindheit zu sehen. Aber er tat es nicht. Sie hatten keine Kindheit mehr. Sie hatten blutige, unausgeschlafene Augen. Sie sprachen nicht. Sie hatten alles geteilt, jetzt teilten sie auch das Schweigen. Die Jahre vergingen. Spas brachte Geld und wollte wenig von Ilija wissen. Dieser verstand und war still. Er hatte viel zu großen Respekt vor der Arbeit. Sie lebten in einer Wohnung, aber füreinander unberührbar wie Himmelskörper. Es hätte ewig so weitergehen können. Aber heute hatte Spas von seinem Chef erfahren, daß jemand sie angezeigt hatte und daß er die Werkstatt für eine ungewisse Zeit schließen mußte. Spas und Pavel tranken zuerst eine Flasche Fernet zusammen. Danach begleitete Spas Pavel zum Bahnhof Wien Mitte, von wo dieser seinen Bus nach Brno nahm. »Schau«, sagte Pavel, »es kommen immer Busse. Tschechen kommen hier nach Österreich. Sie reisen, aber in der Reisetasche haben sie Werkzeug. Man reist nicht mehr, um die Welt zu sehen. Man kommt hier arbeiten, reparieren. Ist das normal? Kaputt ist das. Die Welt ist kaputt. Deswegen man fährt immer mit Werkzeug.« Pavel ging. Spas blieb. Er betrachtete die Busse, die ankamen und wegfuhren. Er wollte noch nicht nach Hause. In Wien Mitte, wo so viele kamen und gingen, traf er den Obdachlosen Johann. Der war immer dort. Mit ihm konnte man gleich an Ort und Stelle weitertrinken. »Trinken ist schädlich, Rauchen ist schädlich, sagen die Ärzte. Aber kana von der gschissenen Partie sagt dir, daß Arbeiten schädlich ist«, meinte Johann und zeigte auf seine verstümmelte Hand. »Nach dem Arbeitsunfall wollte mir keiner mehr Arbeit geben. Jetzt sagen sie, ich bin schädlich.

A gschissenes Leben«, ergänzte Johann und nahm einen Schluck. Spas gab ihm recht. Aber irgendwann konnte er nicht mehr weitersaufen. Er ging, aber seine Beine waren ihm nur kurze Zeit behilflich. Vor einem Plakat auf dem stand »Lebt und arbeitet in Wien« ließen sie ihn im Stich. Spas sank zu Boden und schlief ein. Johann hatte eine Weile laut weitergesprochen, seine Kehle war aber bald trocken, und er machte sich auf, um diese Trockenheit zu besänftigen. Deswegen übersah er auch den Mann nicht, der unter dem Plakat lag. Daß manche Menschen sich einfach dort hinlegten, wo sie gerade standen, war für Johann das Allergewöhnlichste. Der Mann hatte ein Bier. Das war nicht gerade großartig, aber im Moment war es das Richtige für Johann. Er nahm das Bier und ging seines Weges. Spas lag weiter da. Manche bemerkten ihn, manche nicht. Manche taten so, als ob sie ihn nicht bemerkten. Es dauerte eine Weile, bis ihn ein junger Passant entdeckte und sich über ihn beugte. Er nahm seine Mundbewegungen als Lebenszeichen wahr und rief die Rettung. Zuerst wird ein Krankenwagen kommen, gleich danach die Polizei. Die Sanitäter werden ihre Gummihandschuhe anziehen und Spas wegtragen. Im Krankenhaus werden sie entdecken, daß Spas nicht versichert ist. Die Polizisten werden entdecken, daß sein Visum abgelaufen ist. Er wird abgeschoben werden, und er wird ihnen nicht böse sein, weil sie nur ihre Arbeit getan haben werden. So wie es in allen Ländern ist, wo Ordnung herrscht. Das erwartete auch Spas, während er schlief und gerade träumte, daß er seine erwachsene Tochter traf, die Plakate auf eine Wand klebte.

»Was machst du hier?« fragte er sie.

»Siehst du nicht? Ich arbeite, Vater.«

»Du bist ja größer als ich geworden.«

»Ja, das bin ich.«

»Wie schnell die Zeit vergeht«, sagte er und träumte weiter, daß er abgeschoben wurde, weil er keine Arbeitsbewilligung hatte. Und es würde so kommen, denn er träumte oft von Dingen, die erst kommen sollten. Es sollte, aber es wird nicht so kommen. Denn obwohl Österreich ein Land der Ordnung ist, geschieht hier doch genug Unergründliches.

Man wird ihn finden und ins Krankenhaus tragen, das schon. Aber danach, nachdem er sich ausgeschlafen und den Namen und die Versicherungsnummer seines Freundes angegeben haben wird, wird er nach Hause gehen können. Das wußte Spas noch nicht. So wie er nicht wußte, daß zu Hause sein Freund mit zwei Flaschen Wein auf ihn warten würde. »Ich habe offizielle Arbeit gefunden. Jetzt kann ich für dich bürgen«, wird er ihm sagen. Sie werden sich hinsetzen und trinken. Ihre Herzen werden sich erwärmen und erweitern. Endlich befreit von dem Phantom der Arbeit, vom Schrecken dieses ersten Wortes, das allen anderen den Atem raubte. Und es wird wieder viele Worte geben, zu viele, um die richtigen zu finden. »Sind wir es nicht, mein Freund, sind wir nicht selber die Liebe, die wir so vermißten?« Wird einer der beiden sagen wollen. Aber keiner wird es tun. Zu oft hatten sie die Worte geteilt, wenige gebraucht, und dann, wenn es plötzlich viele davon gibt, werden die beiden hilflos wie Flüchtlinge dastehen. Sie werden dastehen wie am Anfang. Sie werden den Satz nicht aussprechen, aber sie werden ihn beide erraten, so wie sie die Wünsche der Kunden und Gäste erraten hatten. Sie werden nur sitzen, lächeln und trinken, und was der eine denkt, wird der andere wissen. Es wird rot sein und freudig und still wie unter Geistern.

So wird es in Wirklichkeit kommen, aber das wußte Spas noch nicht. Er schlief, und ein Wort bewegte seinen Mund. Die Träume wechselten, das Wort blieb. Spas hatte elf Jahre in Wien gelebt und gearbeitet. Jetzt war er müde, denn nichts macht einen so müde wie die Suche nach Arbeit, nicht einmal die Suche nach einem Sinn. Schnell waren diese Jahre vergangen. Schnell wie im Traum. Und was war ihm geblieben? Ein paar Worte, die seinen Mund sowohl im Wachen als auch im Schlaf in Bewegung brachten. Lebendig wie seine Lippen und gewichtlos wie Schatten. Aber nur weil sie so leicht sind, schaffen sie es, sich von dem einen in ein nächstes Leben zu retten. Sie bleiben zwar unbeachtet, unerfüllt und unerhört, aber sie bleiben. Und sei es nur als Zittern der Lippen. Und sei es nur als Geschmack. Und sei es nur als dieser letzte Geschmack nach Erde in ihren Wurzeln. Sie bleiben. In diesem Mund und in jenem. Unerhört sind die Wunder der Wirklichkeit.

Von Haien und Häuptern

1. Der Fall

Eugen Korablev, ein siebzigjähriger Obdachloser ukrainischer Abstammung, der in Wien lebte und gewöhnlich im Stadtpark übernachtete, war einmal so besoffen, daß ihm, während er schlief, eine Ratte sein linkes Ohr abfraß. Er merkte nichts davon, er träumte nur, daß ihm ein Engel die ganze Nacht über etwas ins Ohr flüsterte, und erwachte mit dem Gefühl, daß ihm etwas fehlte. Es war nicht nur das Paradies.

Den Traum konnte er nicht mehr wiederfinden. Er war mit anderem beschäftigt. Seither suchte er immer, wenn er sich betrank, sein verlorenes Ohr. Doch bevor Eugen sein Ohr verlor, hatte er in seinem Kopf die Anwesenheit von etwas Lebendigem, Gierigem verspürt, das sich von seinen Gedanken ernährte und immer größer wurde. Manchmal verschwand das Wesen irgendwo in der Tiefe, und wenn es wieder auftauchte, war es größer und hungriger als je zuvor. Eugen wurde aufmerksam. Er wollte wissen, was in ihm vor sich ging. Eines Nachts geschah es. Wie zwei Leuchttürme begannen seine Augen in sein Inneres zu leuchten, und er entdeckte in sich ein ganzes Meer. »Das alles gehört mir?« dachte er anfangs mit Vergnügen. Kurz danach aber hörte er ein Rauschen, das immer stärker wurde, und er sah, wie aus dem Inneren seiner Gewässer ein riesiger Hai auftauchte. Wenn er ihm außerhalb seiner selbst begegnet wäre, hätte er gewußt, was zu tun sei. Aber der Hai war in ihm, und dort gab es kein Ufer. Eugen war von dieser Entdeckung so erschüttert, daß er sich sogleich zwei Doppelliter Wein besorgte, um sich in jenen bewußtlosen und verhängnisvollen Schlaf zu retten, der ihn sein Ohr kosten sollte. Er war überzeugt davon, daß der Hai, wenn er erst einmal keinen Gedanken mehr in ihm fände, damit beginnen würde, seine Körperteile aufzufressen. Eugen konnte nicht wissen, daß er Teil hatte an einem sehr alten Mysterium, das in der europäischen Geschichte immer wieder auftrat, einmal als Seuche, ein anderes Mal als Segen oder auch als geheimes Wissen. Aber bei aller Vielfalt seiner Erscheinungen blieb ein Motiv konstant: das Motiv des Hais. Jetzt war dieser Hai plötzlich in Eugens Kopf, und er hatte nur zwei Doppelliter, um alle Rätsel zu lösen.

2. Geschichten, Gewässer und Gründe

Die ältesten Spuren des Mysteriums weisen nach Böotien, in das Jahr 700 v. Chr. Der erste, der davon berichtete, war ein Zeitgenosse und Nachbar Hesiods, ein Ziegenhirte namens Kopreus. Zwei Musen besuchten ihn, während er gerade beim Melken seiner Ziegen war, schauten ihm dabei zu und weihten ihn ganz nebenbei in die Entstehungsgeschichte der Welt ein. Sie erteilten ihm auch den Auftrag, diese zu verbreiten und zu diesem Zweck am Sängerwettstreit in Chalkis teilzunehmen. An diesem Abend fand sein Vater soviel Ziegenkot in der Milch, daß er Kopreus erzürnt den Kessel voll Milch über den Kopf schüttete und ihn mit dem Kot, der darin herumschwamm, beschmierte.

»Was tust du, Wahnsinniger?« habe Kopreus daraufhin geklagt. »Weißt du denn nicht, daß der Mensch aus der Milch des Himmels und aus Ziegenkot erschaffen wurde?«

Einer anderen Überlieferung zufolge gab Kopreus den Musen zuerst zu essen. Diese hatten sich nämlich bei ihm über den Geiz Hesiods, den sie gerade besucht hatten, beschwert. Weil Hesiod sie nicht bewirtet hätte, hätten sie ihn zu einer falschen Theo- und Kosmogonie inspiriert und mit dem Zwang bestraft, alles besingen zu wollen.

Danach hätten sie Kopreus in die Kunst eingeweiht, aus dem in die Milch fallenden Kot Symbole zu deuten und so über alles, was in dieser Welt je geschehen ist, zu berichten. Manche meinen, das Werk des Kopreus weise Lücken auf, weil sein jüngerer Bruder einmal, als der Wind Boreas wehte, die Risse in den Wänden ihrer Hirtenhütte mit Kot verklebt und auf diese Weise viele Zeichen unkenntlich gemacht hätte. Andere sagen, die Frau des Kopreus hätte entscheidend dazu beigetragen, daß er seine Beschäftigung mit Symboldeutung aufgab. Sie hätte die Berührung seiner dreckigen Hände nicht mehr ertragen. Gewiß ist nur, daß Kopreus am Sängerwettstreit in Chalkis gemeinsam mit Hesiod teilnahm und daß er dort sein Werk vortrug. Doch sind von diesem nur drei Fragmente überliefert. Das erste lautet: »… und er (Gott) kratzte an der Dunkelheit so lange … aus dem Dreck unter seinen Nägeln schuf er die Erde.«

Das zweite: »Das Chaos ist nur das gähnende Maul eines Haifisches.« Das dritte: »Auf dem Rücken eines Hais wird die Erde getragen. Der Hai kann sehr groß, aber auch sehr klein sein. Groß, um alle Götter zu ertragen. Ist er aber klein, findet er einen Ort auch hinter deinen Augen.

In den Köpfen reibt er seine Haut, bis aus dem Blut Worte werden. Wer diesen Fisch erblickt, wird mehr als alle Götter wissen.«

Bekanntlich gewann Kopreus den Wettstreit nicht. Es kam aber noch weit schlimmer. Er wurde sogar geschmäht. »Diese Verse hat dir dein Ziegenbock geflüstert, zum Dank, daß du ihn gemolken hast«, soll ein Rhapsode aus Eretria ihm zugerufen haben. Ein anderer, der sogar aus Peparethos gekommen war und immer noch an den Folgen von Poseidons Scherzen litt, gebar den heute noch oft zitierten Satz: »Kopreus«, schrie er, »es wird einiges von dir und deinen seltsamen Dichterpraktiken erzählt! Aber bis heute wußte ich nicht, daß du so tief in der Scheiße steckst!« Kopreus ging so wütend nach Hause, daß er seinen einzigen Ziegenbock schlachtete und aus seinem Fell eine Trommel machte. Die schenkte er dann einem Satyr, doch nur unter der Bedingung, daß er die beiden Musen suchen und sie vergewaltigen müsse. Er konnte nicht wissen, daß dieser Satyr dann Apollon zum Musikerwettstreit fordern würde und ein paar Tage später selbst als Trommel enden sollte. Kopreus hingegen war immer noch so von seiner Theogonie überzeugt, daß er alles hinter sich ließ und ans Meer ging, um auf den ersehnten Hai zu warten. Jeden Tag schwamm er weit hinaus, bis er endlich einem Hai begegnete. Doch der war nicht der richtige.

Kopreus' Geschichte taucht ein halbes Jahrhundert später in Ätolien wieder auf. Sie wurde von einem Rhapsoden namens Gorgesos verbreitet. Er besang das Schaffen und den Leidensweg des Dichters Kopreus und ergänzte den Mythos mit Begebenheiten aus seinem eigenen Leben. Er berichtete nämlich von seiner Reise in das Reich des Hades, die ihm nur deshalb gelungen sei, weil er, Gorgesos, als Ururenkel des Asklepios wisse, wie man Charon überlisten könne. Dort in der Unterwelt habe Gorgesos Meister Kopreus mit einer Angel in der Hand am Ufer des Styx gesehen, wo er immer noch auf seinen großen Haifisch wartete. Gorgesos aber war ein Mensch, der, wenn er einmal Hunger hatte, nicht schlechter dichtete als Homer. Er war in dürftigen Verhältnissen aufgewachsen. Sein Vater, ein Mann von stumpfem Geist, soll zunächst als Faustkämpfer, dann aber als Tagelöhner sein Geld verdient haben. Seiner Mutter, die aus einem Bordell kam, verdankte Gorgesos seine Redegewandtheit. Eines Tages aber wurde ihm das Rhapsodenleben zuwider und er wechselte das Gewerbe. Er tat sich mit einem entflohenen äthiopischen Sklaven zusammen, der hellseherische Fähigkeiten besaß, was sehr vorteilhaft für jedes neue Unternehmen war. Verkleidet als Priester, sammelten sie nun zuerst Spenden für das Orakel in Delphi, dann aber, um einen Tempel für den Heiligen Hai zu errichten. Die Zukunft sah gut aus, bis sie eines Nachts, als sie am Ufer des Euenos ein gestohlenes Lamm verspeisten, von einem Dutzend zorniger Hirten umzingelt wurden. Sein äthiopischer Freund begriff rasch, daß seine Zukunftsvision eine kleine Abweichung aufwies, und sprang ins Wasser. Gorgesos selbst durfte seine zweite Reise in den Hades antreten, wo er, wie die Spötter erzählten, gleich mit dem Bau eines Tempels zu Ehren des großen Hais beauftragt wurde, der, wie im Falle des Sisyphos, nie vollendet werden sollte. Seine Grabinschrift soll gelautet haben: »Den Ewigen Hai hast Du besungen, Gorgesos. Die Glückseligkeit wolltest Du den Menschen bringen. Jetzt kennst Du den Weg zum

Hades so gut wie Deiner Hände Finger.« Dem Äthiopier gelang es, zu entkommen. Er schaffte es, in seine Heimat zurückzukehren, wo er, unter dem Namen Meroebos, zahlreiche moralische Schriften verfaßte, in denen er das Menschenopfer kritisierte. Vom Haifischkult aber schwieg er.

Die nächste Geschichte ist nicht genau datiert, weil sie vorwiegend von thrakischen Orphikern verbreitet wurde. (Einige meinen, auch Epimenedes in Kreta habe sie erzählt, nachdem er aus seinem siebenundfünfzigjährigen Schlaf erwacht sei.) Ein thrakischer König namens Bisaltes litt seit Jahren an unerträglichen Kopfschmerzen. Doch obwohl die Thraker so berühmt für ihre Heilkünste waren, konnte ihm keiner der vielen Heiler helfen. Eines Tages kam ein Grieche mit dem seltenen Namen Bosporos zum König und stellte sich als Priester des Ewigen Hais vor. Er legte eine Krone aus Haifischzähnen auf das Haupt des Königs und riet ihm, sie unentwegt zu tragen. Nach zwei Tagen war Bisaltes seine Schmerzen los. Er erwies dem Heiler allerhöchste Ehren und bat ihn zu bleiben. Bosporos überlegte nicht lange und übergab sein Amt einem mit ihm angereisten Schüler, der jedoch noch ein paar Monate bleiben mußte, um von seinem Meister in alle Mysterien des Kultes eingeweiht zu werden. Dieser Schüler wurde auf seinem Rückweg von zwei Räubern gefaßt, die kein gutes Griechisch sprachen und sich mehr durch Hiebe, Schläge und Fußtritte zu verständigen pflegten. Sie verschleppten ihn nach Ainos, wo sie ihn als Sklaven verkauften. Die Räuber machten mit ihm jedoch weniger Geld als erwartet, denn sie hatten ihm zwei Zähne ausgeschlagen. Von seinem neuen Herrn wurde der Schüler des Bosporos nach Samothrake gebracht, von wo er sich, reitend auf einem großen Hai, aus der Sklaverei befreien konnte. Aber zurück zu Meister Bosporos, der währenddessen gute Zeiten sah. Der thrakische König war an seiner Lehre interessiert und wollte die neue Gottheit neben Dionysos, Artemis, Ares und Hermes in den Pantheon aufnehmen. Bosporos begann mit der Initiation. Er lehrte, am Anfang hätte es nur einen Gott mit leerem Kopf gegeben, einen Gott, der nur ewiger Körper war. Das einzige, was dieser Gott besaß, war sein Schmerz. Aus diesem Schmerz entsprang der Ewige Hai. Dieser zwang den Gott, die ganze Welt in seinem leeren Kopf zu erschaffen. Daher sei es Tag, wenn die Augen des Gottes offen seien, und Nacht, wenn er sie schließe. Bosporos erklärte, daß die vielen Götter nur Nebel in den Köpfen der Menschen seien. Sie entstünden, wenn der große Gott schlafe und träume, und seien nur für den Pöbel. Der Ewige Hai aber sei der einzige, der uns vor dem Grundlosen retten könne. Unsere Köpfe sollten bereit sein, ihn zu empfangen. Bedauerlicherweise starb der König ein Jahr später, noch bevor er alle Mysterien des Ewigen Hais im Kopf hatte. Bosporos war in den thrakischen Sitten nicht bewandert, deswegen wußte er auch nicht, daß es zu den allerhöchsten Ehren gehörte, lebendig mit der Königsleiche begraben zu werden. Es war schwer für Bosporos, denn er hatte eine andere Vorstellung vom Leben und besonders vom Tod als die Thraker. Immerhin war das Grabmal groß und aus Marmor gebaut. Drinnen war alles für ein festliches Mahl gedeckt. In schönen goldenen Gefäßen konnte man da die verschiedensten Köstlichkeiten bewundern. Verständlicherweise hatte Bosporos aber keinen Hunger. Trotzdem wurde er unter freudigen Zurufen der Thraker in das Grabmal geführt. Zu seinem Trost wurden mit ihm auch die Favoritin des Königs und dessen Lieblingspferd in das Grab gebracht. Das Gesicht der Gemahlin strahlte vor Glück, das Pferd dagegen war, wie Bosporos, unruhig. Die Türe wurde zugemauert und das Grabmal so mit Erde zugeschüttet, daß es von außen wie ein kleiner Hügel aussah. In sich vertieft, lauschte Bosporos aufmerksam der Arbeit der Schaufeln. Nur ab und zu wurde er vom Wiehern des Pferdes abgelenkt. Der rettende Haifisch aber tauchte trotz all seiner Bemühungen nicht in seinem Kopf auf. Wahrscheinlich weil es kein Meer unter der Erde gab oder weil sich in seinem Kopf andere Gedanken breit gemacht hatten. Als der anfängliche Schreck nachließ, kam Bosporos wieder darauf zurück, daß er ja nicht alleine war. Er machte sich an die Lieblingsfrau des Königs heran und bemerkte, daß es gar nicht so schlecht war, tot zu sein. Er holte alles nach, was er in den letzten Jahrzehnten durch Enthaltung versäumt hatte. Ihm blieb ja nichts anderes übrig. Langsam begann sich Bosporos an den Gedanken des Todes zu gewöhnen. Nur seine Augen konnten sich bis zum Schluß nicht mit der Dunkelheit anfreunden. Hirten, die in der Nähe des Grabes ihre Schafe weideten, erzählten, daß lange Zeit wildes Liebesstöhnen, unterbrochen auch von Pferdewiehern, aus dem Inneren zu vernehmen war. (Ob die beiden das Pferd in ihre Liebesspiele einbezogen hatten, ist ungewiß.) Die Geräusche hätten ihre Schafe oft vertrieben. Aber bald kehrte in dem Grab wieder jene Ruhe ein, die zu einem solchen Ort gehört, und die Schafe konnten wieder ungestört weiden.

Lange Zeit danach verschwindet jegliche Spur der Geheimlehre. Nur böse Zungen vertraten die Meinung, daß Herakleitos etwas von dem Kult gewußt haben müsse und daß er das Leben nur deshalb mit einem Fluß verglichen hätte, weil es in Flüssen keine Haie gäbe. Er hätte sonst zweimal in denselben Fluß steigen müssen, oder eben gar nicht. Seine Wassersucht wurde als Rache der Priester des Hais gedeutet. Er hätte, hieß es, begonnen, sein Wissen Uneingeweihten mitzuteilen. Die Tatsache aber, daß Herakleitos dann unter einem Misthaufen starb, wurde auf Kopreus zurückgeführt, der schon einmal die Wirkung des Kotes überbewertet hätte. Manche brachten sogar die Aussage des Empedokles (»Ich war einst schon Knabe, Mädchen, Strauch, Vogel und aus dem Meere emportauchender, stummer Fisch«) in Verbindung mit der geheimen Lehre vom Heiligen Hai. Schuld daran waren ein paar verarmte Sophisten, die unter dem Vorwand, die Seele von falschen Meinungen zu reinigen, die der wahren Erkenntnis hinderlich seien, ihr Geld verdienten und diese Geschichten verbreiteten. Unter ihnen ein gewisser Periphetes, ein Schüler des Protagoras, der auch »der Haifütterer« genannt wurde. Er verfaßte eine Reihe unechter Briefe, die er verschiedenen Philosophen zuschrieb, und behauptete, daß sich der Tempel seines Gottes in seinem Kopf befände. Man fand aber nicht heraus, welcher Gottheit er diente, denn er wurde wegen Gotteslästerung auf der Insel Salamis verurteilt und gemeinsam mit drei wilden Katzen in einem Sack ins Meer geworfen, bevor er sein Geheimnis preisgeben konnte. Daher auch sein späterer Beiname.

Im Jahre 199 v. Chr. kratzte ein Mann mit seinem Schwert auf eine Innenwand des Kolosseums in Rom den Kopf eines Hais, der anstelle der Augen zwei Menschenhäupter hatte. Der Mann war ein äthiopischer Gladiator, der auf seinen Auftritt wartete. Er konnte seine Zeichnung nicht vollenden, weil er in die Arena mußte, wo ihn ein Thraker aus dem Stamm der Hypsalter besiegte, in seinem Netz fing und hinter sich herschleppte. Erst als der Thraker dreimal die Arena umrundet hatte, blieb er stehen, um die Meinung des Publikums abzuwarten. Anfangs waren die Zuschauer verwirrt. Sie dachten, Zeugen einer Metamorphose zu sein. Die Haut des Äthiopiers war nämlich plötzlich hell geworden. (Wir sollten nicht unerwähnt lassen, daß er lange Publikumsliebling der Römer war und in seiner »Freizeit« zahllose edle Frauen und Männer beglückt hatte.) Doch es war nur Staub, der an seiner Haut kleben blieb und sie aufgehellt hatte. Das Publikum war enttäuscht und forderte seinen Tod. »Ihr seid blutrünstiger als Haie! Im Elend sollt ihr und euer Reich verkommen ...«, schrie er, bevor ihn der Dreizahn des Thrakers zur Strecke brachte. Seine Zeichnung wurde hundertsechsundzwanzig Jahre später von einem Unbekannten vollendet, der folgendes darunter schrieb: »Lusus habet finem.«[1] Eine andere Hand schrieb weitere siebzig Jahre später hinzu: »Casus ubique valet. Quo minime credis gurgite, piscis erit.«[2] Darüber, in welcher Verbindung die beiden Sätze zueinander stehen, sind sich die Geister heute noch uneinig.

1 Das Spiel ist zu Ende.
2 Zufall waltet auch hier. Oft ist ein Fisch in der Flut, wo man am wenigsten denkt.

An einem kalten Winterabend des Jahres 10 n. Chr. saß ein von Heimweh geplagter Römer in seinem ungeheizten Zimmer, hörte das Dröhnen des Schwarzen Meeres und teilte sich mit einem Fischer namens Butes einen Krug Wein. Der Fischer begann zu erzählen, von seinem Vater, der einmal beim Fischen einen großen Hai vom Himmel ins Meer fallen sah. Das Meer hätte zu kochen begonnen, und kurz danach habe sein Vater einen leuchtenden Berg auf sich zukommen sehen. Als er näher kam, erkannte er aber, daß es sich nicht um einen Berg, sondern um die Flosse eines Haifisches handelte, auf der mit leuchtenden Buchstaben das wahre Wissen der Welt geschrieben stand. Der Haifisch umkreiste das Boot mehrere Male, danach war er verschwunden. Nie wieder hätte ihn sein Vater bei seinen Fahrten gesehen.

»Und? Hat er sich des Wissens bemächtigen können?« fragte der Römer.

»Er konnte nicht lesen«, sagte Butes.

»Woher wußte er dann, was auf der Flosse geschrieben stand?«

»Ich weiß nur, daß er meinte, er hätte sein Glück verpaßt, weil er nicht auf den Rücken des Fisches stieg«, sagte Butes und begann zu gähnen. Er war eigens von Dionysopolis angereist, weil er gehört hatte, daß es hier in Tomis einen Römer gab, der jeden reich beschenkte, der ihm eine gute Geschichte erzählen konnte. Jetzt war er müde. Der Römer gab ihm zwei Silbermünzen.

»Dem Gyges aus Kallatis haben Sie mehr gegeben, obwohl er die Geschichte mit dem Ring, der unsichtbar macht, erfunden hat, und ich kriege weniger für eine wahre Geschichte?« sagte Butes enttäuscht.

»Die Wahrheit hat mich hierher gebracht. Deswegen schätze ich sie nicht so sehr«, entgegnete der Römer. »Vielleicht glaubst du, daß es leicht ist, Geschichten zu erfinden. Dann geh und erfinde eine. Wenn sie gut ist, gebe ich dir mehr. Ich mache es dir sogar leichter, ich sage dir, wovon ich das nächste Mal hören will. Du sollst mir von dem Hai in deinem Kopf erzählen. Und jetzt verschwinde!«

Nachdem Butes gegangen war, schrieb der Römer an seiner Geschichte über Phaethon weiter. Er wollte ihn zuerst von Zeus in einen Hai verwandeln lassen, dann aber überlegte er es sich und ließ ihn von einem Donnerkeil erschlagen. Der Römer hieß Naso, und als er eines Nachts im Jahre 18 n. Chr. am Ufer des Schwarzen Meeres spazierenging, sah er einen großen Hai aus dem Wasser auftauchen. Er ging ihm entgegen. »Bring mich nach Hause«, rief Naso. Kaum hatte seine Hand die Flosse des Hais ergriffen, wurde der Mann in leuchtende Worte verwandelt, die wie Meerestropfen auf die Haut des Fisches niederfielen. Danach verschwand der Hai unter vielen Wellen.

Über den Fischer Butes erfuhr man, daß er nach der Begegnung mit Naso wahnsinnig wurde. »Dieser römische Dämon hat mir einen Hai in den Kopf gepflanzt. Angelt den Hai aus meinem Kopf«, schrie er lange auf den Straßen von Dionysopolis. Eines Tages erhängte er sich mit dem Kopf nach unten an einem Baum. Als seine Frau ihn fand, sah sie, wie eine Möwe einen Fisch aus seinen Augenhöhlen zog und mit ihm davonflog. Ob der Fisch ein Hai war, konnte seine Frau nicht sagen.

Diese Geschichte erzählte Askalabos, ein Handelsmann aus Odessos, im Jahr 67 n. Chr. auf dem Markt von Neapel.

Obwohl er sie nur einem Gelehrten namens Statius mitteilen wollte, hatten sich inzwischen viele Leute um ihn versammelt. Askalabos war in herrlicher Laune, weil er gute Geschäfte gemacht hatte. Nicht einmal die zwei Buben, die ihn, in der Menge versteckt, mit kleinen Steinen bewarfen, konnten den langsamen Fluß seiner Erzählung beschleunigen. Askalabos gab an, daß er die Geschichte von seinem Onkel habe und dieser vom Diener des Dichters Naso. Dieser Diener solle beim Styx geschworen haben, alles mit eigenen Augen gesehen zu haben. Askalabos fand es unwichtig zu sagen, daß sein Onkel wegen Hinterziehung von Zollabgaben mitsamt seiner Familie verkauft worden war und lange Zeit einem Redner dienen hatte müssen, bevor er den Rückweg in die Heimat antreten konnte. Die Winde standen günstig und Askalabos mußte abreisen. Eine Woche später erzählte er die Geschichte vom Dichter Naso auf offenem Meer ein weiteres Mal, jedoch mit ein paar kleinen Abweichungen. Und er fügte hinzu, daß es im Schwarzen Meer eine reiche Insel gäbe, auf der die Priesterinnen des Haifischkultes lebten. Diesmal allerdings waren seine Zuhörer Piraten.

Vielleicht erklärt dies die Tatsache, daß hundertfünfzig Jahre später dieselbe Geschichte von dem Piraten Udaios in den Kneipen von Naxos verbreitet wurde. Udaios hatte eine vornehme Ausbildung in Athen genossen, geriet aber, nach dem Tod seines Vaters, in Streit mit seinem Bruder Momos, der ihm vorwarf, das Testament gefälscht zu haben. Eines Morgens wurde Momos tot aufgefunden, aufgespießt von den Hörnern eines Stierkopfes, der dazu diente, die bösen Geister vom Hause fernzuhalten. Udaios wurde des Mordes beschuldigt und mußte sich aus Athen retten. Nun tat er sich schwer mit der Wahl seines Berufes. Auf Lesbos trat er ein paar Male als Chortänzer im Theater auf. In Smirna wäre er als Lautenschläger fast verhungert, wäre da nicht der Salzfischhändler Mastusios gewesen, der jetzt, obwohl in seiner Jugend in Mykene Kleiderdieb, in der gesamten Stadt ein Begriff für seine Güte war. Udaios aber blieb nicht lange bei ihm, weil er, als er wieder bei Kräften war, gleich zwei seiner Töchter geschwängert hatte. In Ephesos angelangt, begann er für einen Wechsler zu arbeiten. Bald aber gingen zu viele Falschmünzen in Umlauf, so daß die beiden es vernünftig fanden, die Stadt zu verlassen. Sie stiegen auf ein Schiff, das nach Alexandria fuhr. Dieses Schiff wurde von Piraten überfallen. Udaios war aber ein gutgebauter, starker Mann. Er erledigte gleich fünf der Piraten, darunter auch ihren Anführer, weshalb diese auch mit dem Vorschlag an ihn herantraten, er möge den frei gewordenen Posten selbst übernehmen. Aus Mitleid mit diesen verirrten Seelen nahm er das Angebot an und machte sich in seinem neuen Gewerbe einen Namen. Woher er sich das Wissen über den Ewigen Hai angeeignet hatte, ist ungewiß. Es sind zwei Geschichten im Umlauf. Der einen zufolge habe er in Milet einen Sänger namens Demodokos an Bord genommen, der sich an alle seine früheren Leben erinnerte. Von ihm habe er den Großteil seines Wissens. Der anderen zufolge habe er alles von einem dem Bauch eines Haifisches entsprungenen Gymnosophisten, der behauptet habe, dreihundert Jahre in einem Hai verbracht zu haben. Viel wichtiger aber ist, was Udaios selbst erzählte. Seiner eigenen Darstellung zufolge wurden Piraten, die den jungen Dionysos verkaufen wollten, in Haie verwandelt, weil keine anderen Kreaturen für die Verwandlung eines solch blutrünstigen Haufens in Frage kämen. Arion wurde von einem Hai gerettet, in dessen Haut Worte eingegraben waren wie in eine harte Wachstafel. Udaios meinte ferner, die Stoiker verglichen die Philosophie mit einem Haifisch, wobei die Logik den Knorpeln und Zähnen, die Ethik den Fleischteilen und die Physik der Seele eines Hais entspreche. Ihm wurde auch die folgende Aussage zugeschrieben: »Der Hai ist das Wesen aller Dinge, aber er liebt es, sich zu verstecken. Er läßt die kleinen Götter auf seine Flosse steigen, im Glauben, sie könnten über die Welt richten. Wer nur die Götter sieht, ist blind. Wer aber den Hai in seinem Kopf entdeckt, der weiß, daß sein ewiger Hunger diese Welt bestimmt.« Unter dem Gesindel, das ihm zuhörte, fand sich auch ein Schüler des Origines, der diese Geschichte seinem Lehrer mitteilte. Als Udaios sich einmal in Libyen aufhielt, entflammte zwischen ihm und dem Anführer einer Räuberbande namens Peisithanatos ein Streit. Sie konnten sich nicht darüber einigen, wie viele Teile die Seele habe. Da stürzte sich Peisithanatos auf ihn und drückte ihm die Kehle zu. Bevor Udaios starb, fiel aus seinem Mund der Ring des Peisithanatos, den dieser seit Tagen gesucht hatte. Danach hörte man lange nichts vom Heiligen Hai, dafür aber viel von Jesus und anderen Fischen.

An einem sonnigen Tag des Jahres 963 n. Chr. empfing die Bogomilin Blagowesta neben einem ausgetrockneten Brunnen, nicht weit von Phillipopolis entfernt, die Samen eines armen Teufels namens Krystjo. In dem Brunnen hatten sich viele Bienen eingenistet, und sie stellte sich die ganze Zeit über vor, Honig aus diesem Brunnen zu trinken. Neun Monate später gebar sie in einer nach Bären stinkenden Höhle nahe der bulgarischen Hauptstadt Preslav einen Haifisch mit goldenen Zähnen. (Der Meinung des Wurstmachers Toma zufolge soll es nur eine Mißgeburt gewesen sein. Aber Toma wurde von der Gemeinde vertrieben, und auf seine Aussage konnte man nicht bauen, weil er sein Geld oft als falscher Zeuge verdient hatte.) Die Haut dieses Hais war anfangs durchsichtig und eröffnete in seinem Inneren den Blick auf eine unbekannte und gerechte Welt. Blagowesta sah in das Innere ihres Kindes, genoß das Bild einer glücklicheren Welt und starb mit einem Lächeln. Nach dem Tod seiner Mutter begann sich die Haut des Hais schnell zu verdunkeln. Krystjo, der das Wunder mit eigenen Augen verfolgte, versuchte anfangs, durch die noch nicht verdunkelten Hautrisse zu schauen und sich einzuprägen, was er sehen konnte. Bald aber blieben nur noch die Augen des Hais als Öffnung übrig, und in diesen sah er nur die Verzweiflung seines vom Ersticken bedrohten Kindes. Er lief vor die Höhle, wo sich die bogomilische Gemeinde versammelt hatte, und bat sie, einen Kessel mit gesalzenem Wasser in die Höhle zu bringen. Er tat den Hai in den Kessel, ließ ihn schwimmen und begann alles, was er sah und woran er sich erinnerte, aufzuschreiben. Er bemerkte bald, daß auf der Haut des Hais jetzt immer wieder lange Sätze erschienen. Mit Lauern und Schreiben verbrachte Krystjo die nächsten Tage. Er verfaßte sein Werk absichtlich in glagolitischer Schrift. Krystjo war ein gebildeter Mann, der in seinen früheren Jahren sogar mit Presbyter Kosma gearbeitet hatte, dann aber dem Einfluß des Po-

pen Bogomil verfiel. Später hatte er eine eigene Sekte ge-
gründet. Jetzt lieferte ihm die Haut seines Haikindes eine
Weisheit nach der anderen. Damit nicht genug, begann
nun in regelmäßigen Abständen auf der Haut des Hais
das Geheimnis der Unsterblichkeit zu erscheinen. Krystjo
hatte nur eine Sorge, nämlich, daß die Mitteilungen länger dauern würden als sein Leben. Er beruhigte sich aber,
als er eines Tages las, daß das Ende der Prophezeiungen
nahte. Nur ein Satz, vielleicht sogar nur ein Wort trennten
Krystjo vom ewigen Leben. Dennoch blieb sein Werk un-
vollendet. Jemand aus der Gemeinde hatte nämlich eine
kurze Abwesenheit Krystjos genutzt, dem Hai alle seine
goldenen Zähne zu reißen. Krystjo fand den Fisch im Sterben. Seine Haut begann wieder durchsichtig zu werden,
so durchsichtig, daß das Tier eins wurde mit dem Wasser.
Egal wie lange Krystjo in den Kessel schaute, außer seinem eigenen Gesicht war dort nichts mehr zu sehen. Er
tauchte verzweifelt seinen Kopf in das Gefäß, es kam aber
kein Wissen mehr aus ihm. Nur seine Ohren füllten sich
mit Wasser. Verärgert nahm er sein Buch und verließ die
Gemeinde. Ein paar Tage danach aber wurde er in einem
Dorf für den Teufel gehalten. Ein Buch fand man bei ihm
allerdings nicht. Er starb ohne Augen, ohne Ohren, ohne
Hände und ohne Zunge. In seiner letzten Stunde schien
es ihm keinen Unterschied zwischen Leben und Tod zu
geben, genau so wie er es früher selbst gelehrt hatte. Über
ihn sagten die Leute seiner Gemeinde: »Er starb nur ein
Wort von der Ewigkeit entfernt.«

Sein Mythos lebte aber weiter. Seine Lehre fand Nach-
folger innerhalb der Grenzen des ersten und zweiten Bulgarischen Reiches. Aber auch hier kam keine Tradition

zustande. Die Lehre ging sogar beinahe unter, denn sie traf auf starke Konkurrenz. Es waren nämlich in diesen Zeiten viele Welttheorien in Umlauf, die andere bogomilische Sekten verbreiteten. Die Köpfe waren voll davon.

Auf einem im Jahre 1211 von König Boril ausgerufenen Konzil wurden alle diese Lehren verurteilt und die Bogomilen streng bestraft. Unter ihnen ein buckliger Pope namens Dunjo. Als er für die Folter entkleidet wurde, fand man bei ihm, anstelle seines Buckels, eine Haifischflosse. Auf der einen Seite der Flosse stand: »Stille mich!«, auf der anderen: »Verstecke nicht deine Angel!«. Deshalb wurde Dunjo auch nicht in einen Fluß geworfen, sondern gesteinigt. »Er ist meine Krankheit und mein Heil«, soll er vor seinem Tod geschrien haben. »Aber eure Köpfe werden sich für immer quälen, weil sie Dinge sehen, die sie nicht verstehen.«

Im Jahr 1276 fand ein Schweinehirte namens Ivajlo in den Chemuswäldern bei Turnovo ein in einer Baumhöhle verstecktes Buch. Ivajlo konnte nicht lesen, war aber von der Zauberkraft dieses Buches so überzeugt, daß er einmal sogar einen Bären damit verjagte. Wie sehr ihn dieses Buch beflügelt hatte, bezeugt die Tatsache, daß es diesem Hirten gelang, für drei Jahre König von Bulgarien zu werden. Ivajlo behauptete, ein heiliges Tier lebe in seinem Kopf, das zwar nicht zu ihm spreche, ihm aber ein Gespür für das Richtige vermittle. Damit aber war es im Jahre 1280 zu Ende. Wahrscheinlich waren die Intrigen bei Hof selbst für das heilige Tier in ihm zu kompliziert. Ivajlo flüchtete zu den Tataren, verlor aber unterwegs sein Buch. Er erlebte dort viele schöne Augenblicke, wurde aber bei einem Gelage von Chan Nogai enthauptet. Der Chan hatte zuvor von seinem Schamanen erfahren, daß sich im Kopf dieses Bulgaren ein goldener Fisch befinde und daß derjenige, der ihn besitze, Macht über die ganze Welt gewänne. Nogai fand aber nichts in dem Kopf, das einem Fisch ähnlich gewesen wäre, und machte aus Ivajlos Schädel einen Trinkbecher. Was floß nicht alles seitdem durch Ivajlos Kopf, ein Fisch allerdings wurde nie darin gesehen.

Ivajlos Buch fand dreißig Jahre später in einer Wassermühle der Pilgermönch Lavrentij. Er bekreuzigte sich und zog es aus den Händen der Leiche eines Müllers. Der Müller war im Frühling an der Pest gestorben. Neben ihm standen noch drei volle Mehlsäcke, zum Abholen bereit. Es handelte sich um das Buch, das einst Krystjo geschrieben hatte. Unterwegs nach Pliska passierte Lavrentij zwei Dörfer, ehe er das Buch gelesen hatte. Er saß in einem Ochsenwagen, als er es beendete. Der Bauer sah, wie der Mönch aus dem Wagen sprang und im Gebüsch verschwand. Lavrentij glaubte fest an Gott und gab den Versuchungen in dem Buch nicht nach. Er versteckte das Buch im Wald, wie ihm die Stimme Gottes riet, bekam aber keine weiteren Anweisungen, und, allein gelassen, verlor er den Verstand. Er lief durch die Dörfer und bat die Bauern, ihn von der rauhen, schmutzigen, elenden Bestie in seinem Kopf zu befreien. »Er bewegt sich im Kreis und verdreht mir die Welt«, wiederholte er immer wieder. Lavrentij starb mit hohem Fieber unter der Wolldecke eines Schmiedes, der tagelang versuchte, die Bestie im Kopf des Mönches auf einem Schild festzuhalten. (Der Schmied formte aber immer nur entweder eine bucklige

Forelle oder einen buckligen Karpfen, einen Hai hatte er leider nie gesehen.) Lavrentijs Leiche begann wie ein Fisch am Kopf zu stinken. Nach seinem Tod kam über alle Dörfer, durch die er gerast war, eine Plage. Die Hälfte der Einwohner starb an einer seltsamen Krankheit, die sie »die Fischköpfige« oder »die Schwarzschuppige« nannten. Man ließ auch lange Zeit keine Mönche durch diese Dörfer. Später durften sie hier nur in einem Eisenkasten übernachten, den der Schmied eigens für diesen Zweck angefertigt hatte. Der Kasten hatte die Form eines Fisches und wurde mit neun Schlössern versperrt. Luft bekamen sie durch die Augen des Fisches. Die wenigen Mönche, die es wagten, dort zu nächtigen, beklagten sich über schlechte Träume.

In dieser Gegend wurde auch viel von einem Buch der Unsterblichkeit gesprochen, das ein Mönch unter einem Ameisenhaufen versteckt haben sollte. Wie eifrig danach gesucht wurde, bezeugt der Archidiakonus Damijan. Er schrieb in einem an den Erzbischof von Turnovo gerichteten Brief folgendes: »Was wohl soll sich in solchen Köpfen eingenistet haben, die unter Ameisenhaufen die Unsterblichkeit ausfindig zu machen suchen?«

Archidiakonus Damijan war ein treuer Diener Gottes. Während einer langen Zeit des Fastens, in der er sich ausschließlich von Brot, das von keuschen Händen geknetet und gebacken, und von Wasser, das schweigend aus einer Bergquelle geholt worden war, ernährte, war ihm der Heilige Johannes erschienen und hatte ihm ein Geheimnis offenbart. Daß nämlich der Teufel einen so großen Groll auf die slawische Sprache habe, daß er vor Zorn platze. Denn sie sei Gottes liebste Sprache, weil sie ohne selbstgefällige Arglist, ohne heidnische Tücke sei und schlicht und ohne alle Klügelei geradewegs zu Gott führe.

Bald darauf machte sich Damijan einen Namen als Teufelsaustreiber. Er befreite die Besessenen, indem er Sätze aus der Heiligen Schrift auf ihren Körper niederschrieb. Die Sätze waren natürlich in Altbulgarisch verfaßt. Dank seiner sanften Methoden war er beim Volk, besonders aber bei den Frauen sehr beliebt. Seine ruhmreiche Tätigkeit wurde jedoch von einem eifersüchtigen Bojaren jäh beendet. Er hatte unter dem Nabel und auf dem Hintern seiner Frau drei Sätze in zittriger Schrift gefunden, deren Aufgabe es natürlich war, schlicht und ohne Klügelei zu Gott zu führen. Wie alles, was Archidiakonus Damijan je verfaßt hatte. Da aber der Bojar nicht so vertraut war mit den Deutungen der Heiligen Schrift, mißverstand er die Worte und ließ den Archidiakonus entmannen. Deswegen wurden alle späteren seelischen Regungen Damijans ausschließlich auf Papier festgehalten.

Im Mittelalter lokalisiert sich der Haifischmythos mehr und mehr in den Ländern um das Schwarze Meer. So bleibt es selbst nach dem Einzug der Türken auf dem Balkan. In Mittel- und Westeuropa dagegen geriet er fast völlig in Vergessenheit. Die Kirche dort versuchte, alle, die etwas im Kopf hatten, rechtzeitig zu heilen. Es werden in diesem Zusammenhang nur wenige Geschichten erwähnt. Zuerst ging das Gerücht, das Haifischmysterium hätte selbst Agrippa Kopfzerbrechen bereitet. Einer anderen Geschichte zufolge hätte Paracelsus seine »Geheimnisse« mit dem Zahn eines Hais geschrieben. (Andere dagegen meinten, es wäre nur der Nagel gewesen, der die rechte

Hand Jesu durchbohrt hätte.) Ferner erzählte man, Jakob Böhme hätte in seiner Erleuchtung das geöffnete Maul eines Hais gesehen, das er dann als »wütende Unsinnigkeit« oder »Angstrad« bezeichnete. Den Hai selbst aber nannte er »Ungrund«, »drängenden Willen« oder »ewige Stille«. Diese Geschichte wurde aber vorwiegend in schlesischen Schusterkreisen erzählt.

Verbreitet wurde auch, daß Descartes, bevor er seine Meditationen schrieb, folgendes Selbstgespräch eines Narren belauscht habe:

Der Narr: In meinem Kopf haust etwas mir völlig Fremdes, eine andere Substanz, ich hoffe, es ist keine ausgedehnte. Mein Gott! Da drinnen ist ein Hai, der meine Gedanken speist. Aber, du Hai, wenn du alles frißt, wird es ja nichts mehr geben.

Der Hai: Warum nichts? Mich wird es geben. Hab keine Angst, deine Gedanken verschwinden nicht. Ich mache sie zu meinem Inhalt. Bei mir sind sie besser aufgehoben. Wenn du etwas brauchst, findest du es in mir.

Der Narr: Soll ich dich Ichthys nennen?

Der Hai: Nenn mich einfach Ich.

Diese Geschichte nahm man jedoch nicht ernst, weil sie auch von einem Narren am schwedischen Hof verbreitet wurde, der unter anderem die Fähigkeit besaß, sich mit dem rechten Fuß zu bekreuzigen.

Es existierte zudem die Meinung, daß der Haifisch später in Deutschland als Ding an sich aus den Köpfen verjagt wurde. Aber all diese Gerüchte gewinnen erst dann an Bedeutung, wenn man es am wenigsten erwartet. Ähnlich verhält es sich auch mit dem Haifisch selbst.

Nach der Türkeneroberung rollten auf dem Balkan viele Köpfe. Von Haifischen in ihnen war jedoch nie die Rede. Danach lernten die Menschen, nicht alles, was in ihren Köpfen vorging, mitzuteilen.

Im Jahre 1783 wachte der Sultan beunruhigt auf. Er hatte geträumt, daß in seinem Kopf ein großer Turban schwimme. Der Turban begann sich abzuwickeln, und unter ihm erschien ein riesiger Hai, der versuchte, aus des Sultans Kopf zu brechen. Sein persischer Traumdeuter meinte dazu folgendes: »Der Turban ist das Imperium, der Hai eine Bedrohung von innen. Der Kopf des Sultans ist der Islam, der das nicht zulassen will. Von großen Fischen erzählen die erste und die siebente Reise des Sindbad. Von insgesamt vier Fischen. Auf der ersten Reise denken alle, der Fisch wäre eine paradiesische Insel. Auf der siebenten Reise gerät Sindbad in das Gebiet, in dem Salomons Grab liegt, und da begegnen ihm drei Fische, größer als Berge. Dies hat folgendes zu bedeuten: drei Mächtige bereiten ein Komplott gegen den Sultan vor. Sie werden ihn in den Palast eines vierten locken, in dem es aussieht wie im Paradies. Dort wird am ersten Tag des siebenten Monats das Unheil passieren.« Der Sultan überlegte, wer seine vier Feinde sein könnten, und entfernte sie so schnell, daß kein Komplott zustande kam. Danach waren seine Träume lange Zeit so rein wie Wasser.

Immer wieder hörte man in verschiedenen Städten um das Schwarze Meer die Geschichte von einer Insel der Unsterblichen und von einem großen, leuchtenden Haifisch, der die Auserwählten dorthin bringe. Dieselbe Geschichte hatte auch Prodan Pulev am 20. August 1843 in Sliven unter vier Augen dem Rosenölhändler Hadshi Mirtscho

Drakov erzählt und bei dieser Gelegenheit sogar die Befreiung Bulgariens von der Erscheinung dieses Fisches abhängig gemacht. Prodan Pulev war ein Hühnerdieb. Er wurde eines Nachts in Jambol im Hof von Tenjo Barutliev vom Blitz getroffen. Man fand unter seinem Hemd drei hartgekochte Eier. Tenjo erzählte, daß der Blitz die Form eines Fisches gehabt und daß er in einem der Eier einen messerscharfen goldenen Zahn gefunden hätte.

Im Jahr 1867 fanden zwei Schatzgräber in der Nähe von Eni Saara unter einem kleinen Hügel ein thrakisches Grabmal. Es handelte sich um den Türken Kütschuk Adam und den Bulgaren Saprjan Navialov aus Karabunar. Die beiden waren seit einem Jahr nicht mehr in ihrem Dorf gesehen worden. Sie waren das Betreten letzter Ruhestätten schon gewohnt. Zuerst sprach der Türke ein Gebet, dann, für alle Fälle, der Bulgare. Danach nahm zuerst der eine, dann der andere die magische Pflanze Raskovnitsche in die Hand, die sie von einer Heilkräutersammlerin und Wunderheilerin aus Stani Muka im Tausch für ihre zwei Maultiere erhalten hatten. Erst dann zündeten sie ihre Kerzen an und betraten das Grabmal. Sie hatten kaum ein paar Schritte gemacht, da blieben sie stehen. Die Flammen der Kerzen wurden unruhig. Einen solchen Fund hatte keiner der beiden erträumt. Die Wärme und der Glanz der goldenen Gefäße übertrugen sich schnell auf ihre Augen und ihre Herzen. »Diese Toten sind reicher als die meisten Lebenden«, fing sich zuerst Kütschuk Adam. In dem Grabmal befanden sich drei Menschen- und ein Pferdeskelett. Seltsamerweise lagen zwei der Toten eng umschlungen da, einer von ihnen hatte da, wo einst sein Geschlechtsorgan gewesen sein mußte, einen goldenen Hai. »Das ist die Arbeit eines großen Meisters«, meinte Saprjan voller Bewunderung. »Wirf's auch in den Sack!« »Warum hebst du es nicht selber auf?« fragte Kütschuk Adam. »Hätte ich ja gemacht, aber wir sind mitten in der Karwoche, ich darf solche schmutzigen Dinge nicht angreifen. Bei dir macht es nichts aus, du bist Moslem.« Kütschuk Adam war mit der Begründung einverstanden. Den Haifisch verkauften die beiden in Burgas einem griechischen Händler namens Didymos. Was sie mit dem Rest taten, ist nicht genau nachvollziehbar. Bekannt ist, daß Kütschuk Adam drei Jahre später wegen der Fälschung von Pässen für gestohlene Pferde im Gefängnis von Lovetsch landete, wo er sich als Traum- und Gesetzesdeuter einen Namen machte. Saprjan kam erst nach sieben Jahren und genauso arm wie zuvor nach Hause zurück. Er war in diesen sieben Jahren von Tscherkessen, Tataren, Türken, Bulgaren, Albanern und Zigeunern überfallen worden. Der Grund aber, warum er heimkehrte, war, daß sein Esel die Wunderpflanze aufgefressen hatte. Seine Frau trug schon schwarze Kleider und behielt sie auch noch solange an, bis sie sicher war, daß er es war und daß kein Gespenst vor ihr stand. Ihr Mann konnte anfangs nicht schlafen. Als sie ihn nach dem Grund fragte, antwortete er: »Dieser goldene Haifisch geht mir nicht aus dem Kopf.«

Der Grieche Didymos verkaufte den goldenen Fisch an den georgischen Fürsten Parabelidze. Der Fürst verlor ihn Jahre später beim Kartenspiel an einen russischen Offizier namens Shulikov. Dieser Offizier wollte ihn seiner Geliebten schenken, wurde aber in den russisch-türkischen

Krieg einberufen. Er nahm den goldenen Hai als Glücks-
bringer mit und ertrank gemeinsam mit ihm, während
die russische Armee die Donau überquerte. So geschah
die bulgarische Befreiung, ohne daß man den wundersa-
men Hai gesehen hätte.

Um 1895 soll es in Odessa eine Hafendirne gegeben
haben, die nur für eine Kette aus den Zähnen eines selbst
erlegten Hais zu haben war. Ein Fischer namens Pregorenko war ihr so verfallen, daß er Familie und Freunde
vernachlässigte und die Haifische im Meer das Grausen
lehrte. »Pregorenko«, rief ihn eines Tages ein Freund auf
dem Markt, »du hast nur noch Haifische im Kopf!« So
wurde eine Redewendung geboren, die noch heute ge-
bräuchlich ist.

In all den Jahren gab es nur einen, der die Erscheinungen
und das mit dem Haifischkult verbundene Wissen gründ-
lich zu systematisieren versuchte. Das war der Mythenfor-
scher und Altphilologe Ognjan Wodev. Er hatte Ende
1921 seine Thesen an der Universität von Sofia vorge-
stellt. Die Zeit war ungünstig. Die Geister waren noch von
der Schreibreform gereizt, und er wurde ausgepfiffen. Die
Opponenten meinten, daß in keiner der bekannten My-
thologien, geschweige denn in der europäischen, das Bild
oder die Geschichte eines Heiligen Haifisches auftauch-
ten. Ein junger, ehrgeiziger, gerade aus Italien zurückge-
kehrter Professor sagte, daß nicht einmal Giordano
Bruno in seiner Schrift »Lo spaccio della bestia triom-
fante«[3] (1584), in der die bizarrsten Monster Erwähnung

---

3 »Die Vertreibung der triumphierenden Bestie«

finden, von einem solchen Fisch berichtet hätte. Er hätte nur folgende Bilder benutzt: »Delphin der sinnlichen Lüsternheit«, »Walfisch der Unmäßigkeit«, »die Fische der unwürdigen Verschweigung«, und er endete mit den Worten: »Dieser Haifisch ist nur in deinem Kopf.« »Gut, daß er dort ist, so hat er zumindest etwas drinnen«, fügte noch jemand aus der Menge hinzu. So wurde Professor Wodev zu einem Spekulanten degradiert und aus dem Hörsaal verjagt. Er erkannte zu spät, daß sich dieses Wissen nicht systematisieren ließ, sondern geheim und im Kopf versteckt bleiben mußte, und daß dieses Geheimnis seinen eigentlichen Sinn ausmacht. Am 6. Jänner 1922 tötete Herr Wodev mit einer Kugel sich und den Ewigen Hai in ihm.

Mit dem Kommunismus wurde es auf einmal stiller um den Haifisch und um ein paar andere Erscheinungen. In den sechziger Jahren schwor der türkische Fischer Murat Dogan, einen leuchtenden Hai bei Trabzon gesehen zu haben. Dabei war es nur ein russisches U-Boot, dessen Kapitän beschlossen hatte, sich die Sterne anzuschauen.

In den siebziger Jahren konnte man in London, Zürich und Amsterdam LSD bekommen, auf dem ein Hai abgebildet war. Man nahm es aber vom Markt, weil alle, die es genommen hatten, dieselbe Vision befiel, nämlich ein drei Tonnen schwerer Hai in Polizeiuniform, der drohte, jeden zu zerquetschen, der sich nicht selber stellen würde.

Der letzte Mensch, der den ewig gesuchten Hai im 20. Jahrhundert tatsächlich gesehen hatte, war der ukrainische Lehrer Wsevolod Korablev. Dies geschah im Jahre 1914. Er war in Jalta, und weil die junge Aglaja Philipovna seine Liebe nicht erwiderte, beschloß er, seinem Leben ein Ende zu setzen. Er warf sich von einem Felsen ins Meer. Als er erwachte, lag er von Frauen umringt am Strand einer Insel. Kaum hatte er begonnen, sich zu freuen, führten sie ihn zu einem großen Hai und zwangen ihn, in sein Maul zu steigen. Zu seiner Überraschung starb er jedoch nicht darin, sondern landete als Held im Alten Griechenland, wo er Ungeheuer erlegte, Städte befreite und gründete und Schulter an Schulter mit Göttern kämpfte. Als er den Fischkörper wieder verließ, führte ihn die Hohepriesterin in ihr Schlafgemach. Als Held ging er mit ihr ins Bett, als Bettler und Schulprofessor erwachte er. »Hättest du in deiner Zeit als Held, anstatt zu kämpfen, besser lieben gelernt, so wärst du jetzt ein Gott«, hörte er die Priesterin sagen. Kaum hatte sie diese Worte ausgesprochen, wurde Wsevolod ohnmächtig. Als er wieder zu sich kam, lag er am Strand von Jalta, und ein bärtiger Muschik preßte seinen nach Wodka stinkenden Atem in Wsevolods Lunge. Wsevolod erzählte ihm auch gleich die Geschichte. Der Muschik war begeistert und borgte sich von ihm zwei Rubel. Am nächsten Tag kannte jeder in Jalta Wsevolods Geschichte in verschiedenen Varianten. Nach diesem Vorfall verließ er die Stadt und sprach kein Wort mehr, was ihn aber nicht daran hinderte, eine Frau namens Akulina Potopovna zu heiraten. In den zwanziger Jahren flüchteten sie nach Frankreich. Danach nach Wien. In den dreißiger Jahren gebar seine Frau ein Kind. Das Kind wurde Eugen getauft. Wsevolod starb fünf Jahre später, ohne ein einziges Mal den Namen seines Sohnes ausgesprochen zu haben. Die letzten Monate verbrachte er im Bett, zwei Muschelschalen an die Ohren gepreßt.

3. Das Blut

Wochen waren vergangen, seit Eugen den Hai in seinem Kopf bemerkt hatte. Er hatte sich an den Fisch gewöhnt. Immerhin war er das einzige Wesen, das bei ihm blieb und mit dem er reden konnte. Man konnte Eugen beobachten, wie er, während er seinen täglichen Weg zwischen Bahnhof Wien-Mitte und Stadtpark zurücklegte, mit jemand Unsichtbarem sprach. Seine Sandlerkollegen hatten ihn lieber so, wie er früher war, bevor er die vielen Worte unter seiner Zunge entdeckt hatte, und begannen ihn zu meiden. So saß Eugen in einer kalten Oktobernacht des Jahres 1999 auf einer Bank im Stadtpark, versteckte seine Hände in den Mantelärmeln und unterhielt sich mit dem Hai.

»Du mußt hinaus und diese Welt auffressen. Aber kaue sie gut. Es soll nichts übrigbleiben. Enttäusche mich nicht. Dir ist das alles gleich, ich weiß. Du hast es schön warm da drinnen. Ich sorge gut für dich. Es fehlt dir an nichts. Um meine Frau und mein Kind habe ich mich nicht gekümmert. Jetzt kümmere ich mich um ein Ungeheuer wie dich. Ich hatte eine schöne Frau. Du hast sie sicher schon irgendwo in mir gesehen. Was sagst du? Laß aber deine Zähne von ihr! Alles kriegst du nicht. Einen Sohn hatte ich auch. Muß schon ein Mann geworden sein. Ich hab beide seit fünfunddreißig Jahren nicht mehr gesehen. Ich weiß nicht einmal, in welcher Stadt sie wohnen. So tief bin ich gesunken. Du kennst dich da aus. Sag mir, geht's noch tiefer? Na siehst du. Ich hätte lieber eine Tochter gehabt. Sie hätte mich schon gefunden. Stell dir vor, du hättest eine Frau und ein Kind. Was würdest du tun, wenn du sie verlierst? Würdest du sie im Meer suchen? Ja, ja, dich interessiert das alles nicht. Dein Blut ist kalt. Hauptsache, es gibt genug Menschen, denen du Angst einjagen und deren Seelen du auffressen kannst. Du suchst dir Einsame oder machst sie einsam, wenn du sie gefunden hast. Du verwirrst sie. Machst sie hungrig und gierig, wie du selbst es bist. Du verletzt sie mit deiner Haut, nur um zu zeigen, wie groß deine Macht ist und wie klein und verloren sie sind. Danach läßt du sie auf dich warten, und ihre Angst ist groß, weil sie denken ... Schönes Spiel hast du erfunden. Warte nur. Ich krieg' dich noch aus mir heraus. Dann schlitze ich dir den Bauch auf, und wenn ich einen Schatz finde, rat einmal, was ich für ein Fest veranstalten werde für alle, die Angst vor dir haben. Wenn ich aber nur ein Stück Holz finde, werde ich mir eine Tochter daraus schnitzen. Sie wird dann der Anfang eines neuen Menschengeschlechts sein, ein Geschlecht, das es nie zuvor gegeben hat. Sie werden hoch über uns hinauswachsen, so hoch, daß sie sich alles, was sie brauchen, gleich vom Himmel holen können. Unter ihren Schatten werde ich mich dann erholen. An ihnen wirst du dir die Zähne ausbeißen. Was wirst du dann fressen? Was wirst du dann tun, du verdammtes Mistvieh? Sag mir, was?« Das Wasser, das sich in Eugen gesammelt hatte, begann durch seine Augen abzufließen. »So ist es gut, so ist es gut«, wiederholte er, ohne seine Wangen zu trocknen. Der Haifisch biß um sich, wehrte sich und schlug ein paar Male mit seinem Schwanz, bevor er auf trockenem Grund erstickte.

Den Mann, der all das hinter einem Baum beobachtet hatte, ekelte es, Eugen zu umarmen und zu trösten. Auch der Umstand, daß Eugen sein lange gesuchter Vater war, änderte nichts daran. Das machte es sogar noch schlimmer. Jetzt wußte er endlich, woher der Hai in seinem Kopf kam, der ihn seit Jahren in kleine Fragen zerstückelte. Er hatte das Blut seines Vaters in ihm aus Tausenden von Kilometern gerochen und war eines Tages in seinen Kopf hineingerast, um ihm nichts als das Schweigen über diese Welt mitzuteilen. »Worauf habe ich gehofft, als ich gierig nach Erklärungen suchte? Verraten die Wasserkreise, bevor sie sich schließen, was im Meer versunken ist? Aber ich gab nicht auf und kam endlich hierher. Jetzt stellt sich heraus, daß ich diesen langen Weg zurücklegen mußte, um aus dem nach totem Fisch stinkenden Mund eines Sandlers, der mein Vater sein soll, zu hören, daß alles gut ist«, dachte der Mann. Das war ihm zuviel. Er hielt es in seinem Versteck nicht mehr länger aus, er kam hervor und schrie: »Was ist gut? Was? Was?«

Die neuen Schuhe

Ihre ersten Schuhe bekam sie mit neunzehn. Zuvor war sie barfuß gelaufen, oder sie hatte die Schuhe der älteren Geschwister ausgetragen. Mal klebte Staub an ihren Füßen, mal der Schweiß ihrer Familie. Sie hatte sechs Geschwister, vier Brüder und zwei Schwestern. Lange hatte sie warten müssen, aber nun hatte sie neue Schuhe. »Gefallen sie dir?« fragte ihr Vater.

Er war ein einfacher Bäcker und ein frommer Mensch. Immer fehlte es ihm an Geld, aber nie am Glauben. Jeder Vater, der drei Töchter verheirate, bekomme einen sicheren Platz im Himmel, hieß es im heiligen Buch. Der Bäcker hatte drei Töchter. Zwei hatte er schon verheiratet. Nun wollte er in den Himmel. Auch einfache Bäcker wollen da hin. Seine Jüngste sollte nun mit den Schuhen auch einen Ehemann bekommen. Ihr gefielen die Schuhe, nicht aber der Mann. Sie sah den kleinen, kargen Hof, in dem auch die hartnäckigsten Träume ihrer Mutter verstaubt waren, sie sah die hohen Mauern, auf deren Lehmziegeln die Ameisen, schwarz und zahllos wie ihre unerfüllten Gebete, hochkletterten, sie sah das Stück Himmel über den Mauern, das nur ein wenig größer war als ein Fladenbrot, und versuchte sich vorzustellen, wie viele Frauen dieser Himmel schon unglücklich gemacht hatte. So viele wie die Ameisen, oder mehr?

»Ich bin keine Ameise. Ich will weg«, sagte sie zu Ali,

einem Cousin, dem sie vertraute. Ali hatte kein Geld, dafür aber Mut. In der Nacht liefen sie fort. Der Himmel war schwarz wie ein verkohltes Brot. Nur hier und dort glühte ein Stern. Doch sein Licht reichte, um Alis Freunde zu finden. Sie behielt weder ihre Gesichter noch ihre Namen, nur ihren Atem behielt sie in Erinnerung. Er erleichterte ihre Schritte, beruhigte ihr Herz und führte die beiden über die Grenze. Die Freunde kehrten dann wieder zurück, Ali blieb nur sein Mut. Nun gingen sie durch ein Land, das ihrem ähnlich war. Sie mit den neuen Schuhen an ihren Füßen, er mit der goldenen Hochzeitskette seiner Mutter in der Hosentasche. Eine Woche später erreichten sie Istanbul. Nach langem Feilschen verkaufte Ali die Goldkette einem Händler mit tränenden Augen. Er bekam für sie tausend feuchte Dollar. Der billigste Menschenschmuggler verlangte aber zweitausend Dollar pro Kopf. »Ich besorge das Geld«, sagte Ali, mietete ein Zimmer, gab ihr die Hälfte des Geldes und bat sie, auf ihn zu warten. Und sie wartete.

Manchmal ging sie spazieren, manchmal ging sie einkaufen, am liebsten aber putzte sie ihre neuen Schuhe. Abends hörte sie oft den schweren Atem der Paare, die sich im Nebenzimmer liebten. »Sie atmen ja wie auf der Flucht ... vielleicht wollen sie auch in eine andere Welt«, dachte sie und versuchte, sich diese Welten vorzustellen. Manchmal gelang es ihr, viel häufiger aber sah sie den kleinen, kargen Hof ihres Elternhauses, das Stück Himmel über den Mauern und die Ameisen, die an den alten Lehmziegeln hochkletterten, die brüchig waren wie das Glück. Sie heftete dann ihren Blick auf eine der Ameisen und ließ sich von ihr in einen erlösenden Schlaf tragen.

Nach zwei Wochen tauchte Ali wieder auf. Sein Körper war abgemagert, seine schwarzen Augen schienen jetzt nach innen gekehrt, wie Ameisenrücken. »Du fährst allein«, sagte er. Er hatte eine seiner Nieren verkauft. Das Geld reichte aber nur für eine Person. »Man kommt auch mit einer Niere in den Himmel«, scherzte er, packte sie an der Hand und führte sie durch eine Reihe verzweigter Gassen, eng und eintönig wie die Armut. Links und rechts hörte sie Menschen schnarchen, schimpfen oder im Schlaf reden. Unter den Sohlen spürte sie bucklige, wacklige Pflastersteine, die auch die mutigsten Schritte verunsicherten. Es stank nach Urin und vermoderten Träumen. In einer Blechhalle mit rutschigem Boden blieben sie stehen.

Auf einem großen Kanister saß ein Mann und aß Kürbiskerne. Über seinem Mund hing ein Schnurrbart wie ein verrostetes Hufeisen. »Willst du? Is' gut für den Schwanz«, bot er Ali von den Kernen an. »Wenn du sie anrührst, dann schneide ich ihn dir ab!« sagte Ali. Der Mann lächelte. Kein Wort fiel mehr aus seinem Mund, nur hin und wieder die Schale eines Kürbiskerns.

Sie zahlte und stieg in den Laderaum eines Lastwagens. Er war mit Reifen beladen. Eine Woche war sie unterwegs. Sie durfte nicht aussteigen. Sie wußte nicht, wann es Tag war und wann Nacht. Sie pinkelte in einen roten Kübel und hielt dabei ein Feuerzeug in der Hand. Einmal durfte sie den Kübel leeren, in welchem Land wußte sie nicht. Das einzige, was sie sah, waren die Reifen. Hunderte schwarze aufeinander gestapelte Monde, Reste erloschener Welten. Neben ihnen schlief sie ein, neben ihnen wachte sie auf, neben ihnen träumte sie. Als sie aus-steigen durfte, war sie in Wien. Alle ihre Feuerzeuge wa-ren leer, aber dafür konnte niemand so schön wie sie von der Sonne erzählen.

Ein Licht über dem Kopf

Nach zwei Jahren Armeedienst war Plamen Svetlev taub gegenüber Befehlen, dafür aber umso offener für Gerüchte aller Art. Er hörte, daß in der Sowjetunion viele Arbeiter gebraucht wurden, besonders in Sibirien. Er hörte, daß die Arbeit verdammt hart und das Wetter beschissen sei. Er hörte, daß man dort als Holzhacker in zwei Jahren so viel Geld verdienen konnte, wie ein bulgarischer Lehrer in zehn. Mehr brauchte Plamen nicht zu hören. Er wollte kein Lehrer werden. Er meldete sich an und fuhr nach Sibirien. Alles, was man ihm erzählt hatte, stimmte. Es war hart und beschissen. Mal die Arbeit, mal das Wetter, mal alles in einem. Nach zwei Jahren kehrte Plamen nach Bulgarien zurück. Er brachte ein rotes Auto Marke Lada und eine blonde Russin namens Olga mit. Mit dem restlichen Geld kaufte er eine kleine Wohnung. Unterwegs war Olga schwanger geworden. Es war ja eine lange Reise. Seine Eltern freuten sich, seine Nachbarn, die Lehrer waren, beneideten ihn. Er lud sie trotzdem zu seiner Hochzeit ein.

Plamen begann als Schlosser im Kombinat für Buntmetalle zu arbeiten. Er verdiente gut. Das Leben gefiel ihm. Vor dem Haus wartete sein Auto, in der Wohnung die Frau. Das Auto putzte er, die Frau liebte er. Sie gebar bald einen Jungen. Er war putzig und lieb. Olga bekam viele Blumen, der Junge einen Namen. Wesselin.

Kurz nach seiner Geburt brach das kommunistische System zusammen. Die Sowjetunion verlor ihre Macht und zerfiel. Die Holzhacker kamen ohne Autos und ohne Frauen zurück. Das Volk wurde mutig und erhob sich. Von nun an hießen die bulgarischen Kommunisten Sozialisten, der Armeedienst wurde auf eineinhalb Jahre reduziert, alle umweltschädlichen Betriebe geschlossen. Das Kombinat für Buntmetalle war umweltschädlich. Plamen verlor seine Arbeit, aber er bedauerte es nicht. Man hatte in diesen Zeiten sowieso etwas Besseres zu tun. Das ganze Volk jubelte. Plamen jubelte mit. Es war eine schöne Beschäftigung.

Jeder erwartete die Ankunft hellerer Zeiten. Doch es kam die Inflation. Aus den Geschäften verschwanden die Lebensmittel, aus den Banken das Geld. Man konnte nur noch Brot und Joghurt kaufen, es sei denn, man hatte so viel Geld, um sich auf dem Schwarzmarkt zu versorgen. Plamen fand Arbeit als Buchbinder. Es reichte gerade für Brot und Joghurt. Er kam immer sehr spät nach Hause. Die Straßen waren stockfinster, weil die Straßenlampen fehlten. Sie waren aus Eisen. Eisen konnte man verkaufen und dann Brot und Joghurt kaufen. Also war es nachts in der Stadt sehr dunkel. Plamen pflegte immer in der Mitte der Straße zu gehen. Dort war es am hellsten und am sichersten. Trotzdem fiel er eines Nachts in ein Loch. Es erwies sich als ein Schacht. Der Deckel fehlte. Er war auch aus Eisen.

Plamens Knochen dagegen nicht. Zum Glück brach er sich nur den linken Fuß, aber er verlor die Arbeit. Er blieb bei Frau und Kind zu Hause. Die Frau seufzte, das Kind weinte. Plamen wollte weinen und seufzen zugleich, aber er tat es nicht. Er schaute auf seinen Gipsfuß und dachte nach. Zu viel Last hatte er um sich. Er wäre jetzt am liebsten ohne Gips, ohne Frau und ohne Kind gewesen. Er überlegte schon, Frau und Kind für eine Weile nach Rußland zu schicken und nur den Gips zu behalten, als ihn sein Freund Trifon anrief. Er habe zwei alte schwarze Partei-Limousinen gekauft und gedenke, sie für Bestattungszwecke zu verwenden. Es sei ein sicheres Geschäft. Die Zeiten seien hart. Es würden viele sterben. Ob Plamen mitarbeiten wolle. Plamen wollte.

Trotz seines Gipsfußes saß er schon am nächsten Tag hinter dem Lenkrad. Trifon hatte recht. Es starben viele. Aber die meisten waren arme Leute. Für ihre Särge reichte ein Traktor mit Anhänger oder das Auto eines Verwandten, auf dessen Dach man sie mit Seilen oder Draht befestigte. Da waren die Angehörigen nicht sehr wählerisch. Sie gaben ihr Geld lieber für Brot und Joghurt aus. Nur wenige hätten sich eine schwarze Limousine leisten können. Außer den Mafiosi, aber deren Leichen fand man selten. Das Geschäft ging von Tag zu Tag schlechter. Der einzige Nutzen, den Plamen davon hatte, war der, daß er die Särge seiner Eltern umsonst zum Friedhof fahren konnte. Das geschah innerhalb einer Woche. Kaum lagen sie unter der Erde, begann Plamen ernsthaft an einen Jobwechsel zu denken. Schon seit einiger Zeit war ihm aufgefallen, daß die Zahl der Taxis enorm gestiegen war. Sogar sein Nachbar, der Lehrer, fuhr Taxi. Und was fuhr er? Einen Leichenwagen. Die Toten haben nur ein Ziel, die Lebenden mehrere. Die einen machen viele Fahrten, die anderen nur eine einzige, die letzte. Für die einen spielt die Zeit noch eine wichtige Rolle, für die anderen nur das

Jüngste Gericht. Also war es sinnvoller, Lebende zu transportieren als Tote. Plamen stieg aus dem Geschäft aus, kaufte eine Flasche Schnaps und besuchte gleich seinen Nachbarn. Er erfuhr, daß er eine Konzession, ein Auto und einen Taxameter brauchte. Sie würden ihm in diesem Beruf einige Probleme ersparen.

Ein Auto hatte er, die Konzession kaufte er sich, den Taxameter ließ er von einem vielseitig begabten Pädagogikstudenten so einstellen, daß ihm die Inflation nichts anhaben konnte. Plamen bekam ein wundersames Gerät zurück. Es war jeder Währungsschwankung voraus. In Plamens Taxi bezahlte man die Preise von morgen. Kaum bestieg man sein Auto, war man schon in der Zukunft. Endlich hatte er seine Berufung gefunden. Er brachte die Leute in die Zukunft, und dorthin wollte jeder.

Es ging wieder bergauf mit Plamen Svetlev. Auf seinem Gesicht leuchtete ein Lächeln, auf dem Dach seines Autos leuchtete ein Schild. »TAXI« stand darauf. Es war eine Hoffnung für alle, die die Finsternis der Straßen abschreckte. Denn dort geschahen genug Dinge, die einen in Schrecken versetzen konnten. Aber da kam Plamen mit dem kleinen Licht auf seinem Dach. Eine Rettung für die Verzweifelten. Man brauchte ihm nur zu winken, und er bot einem Sicherheit und Zukunft. Gut geht es jedem, der das in Zeiten der Not anbieten kann, gut ging es auch Plamen Svetlev. Er putzte wieder sein Auto, liebte seine Frau und brachte seinem Kind Spielzeug vom Schwarzmarkt. Gelegentlich borgte er sogar seinem Freund Trifon Geld, der nach ein paar gescheiterten Großgeschäften vor seinem Haus Popcorn und gefälschte Markenuhren verkaufte. Eigentlich hatte er das Haus einem griechischen

Schuhhändler vermietet, und er selbst wohnte mit Frau und zwei Kindern in der leeren Garage. Trifon wollte eben kein Taxi fahren. Er wollte es anders versuchen. Also borgte Plamen ihm gelegentlich Geld.

Seit einem Jahr hatte sein Auto das kleine Licht auf dem Dach, und seine Familie war satt, seine Frau geliebt, sein Kind gesund, und auf dem Grab seiner Eltern standen zwei Kreuze aus weißem Marmor. Taxifahren war ein gesegneter Beruf.

Eines Nachts stiegen zwei heitere junge Männer in Plamens Auto, die nach Assenovgrad wollten. Assenovgrad war nicht weit, nur zwanzig Kilometer entfernt, trotzdem machte sie Plamen darauf aufmerksam, daß sie auch den Rückweg zu bezahlen hätten, weil er ja sicher leer zurückfahren müsse. Sie waren einverstanden. Er fuhr. Sie machten Witze. Er lachte. Sie boten ihm einen Schluck Schnaps, er mußte lachend ablehnen. Er sah schon die Lichter der Stadt, als sie ihn höflichst baten anzuhalten. Er tat's. Danach verspürte er einen Schlag auf den Kopf und sah wieder Lichter, aber es waren die Lichter einer Stadt, die er nicht kannte. Etwas zerbrach und Plamen wurde ohnmächtig. Als er zu sich kam, lag er auf dem Feld neben der Straße nach Assenovgrad und hatte das Gefühl, daß sein Kopf alle Grillen der Gegend beheimatete. Er hatte doch keinen so großen Kopf. Wie fanden nur so viele Grillen in ihm Platz? Er konnte es sich nicht erklären. Er hörte sie nur zirpen. Auf sein Gehör war kein Verlaß, also schaute er sich um. Ihm fehlte das Auto, das Geld, der Ehering und auch die Goldkette, die ihm Olga zum zweiten Jahrestag ihrer Hochzeit unlängst geschenkt hatte. Am Himmel gab es viele Sterne und einen großen runden

Mond, aber die gehörten ihm nicht. Er hatte nur noch Hemd, Hosen, Schuhe und starke Kopfschmerzen. Seine Frau und sein Kind waren weit, Assenovgrad näher. Er ging dorthin. Eine Stunde später erschien Plamen in einer Wachstube und erschreckte die pennenden Polizisten. »Ich will mein Auto, ich will zu meiner Frau!« schrie er. Nicht alle seine Wünsche gingen in Erfüllung. Dafür wurde sein Kopf zwölfmal von einem jungen, nicht ganz nüchternen Arzt genäht, und immerhin wurde er nach Hause gefahren. Beim Anblick seines glattrasierten Kopfes wurde Olga schlecht.

Schlecht stand es wieder um die Svetlevs. Zwar schloß sich Plamens Wunde, seine Haare wuchsen und wuchsen, aber sein Auto kam und kam nicht zurück. Weg war das kleine Licht über seinem Kopf. Schwarz wurden ihre Tage, weiß war nur das Brot und das Joghurt auf ihrem Tisch. Bald wurden auch die Straßen weiß. Der Winter war gekommen, und Plamen hatte immer noch keine Arbeit.

Eines Tages kam er sehr spät nach Hause. Sein Magen war leer. In der Wohnung war es dunkel, weil er die Stromrechnung nicht bezahlt hatte. Und es war kalt, weil er auch die Fernwärme nicht bezahlen konnte.

»Das Kind hat heute abend nichts gegessen«, kam eine Stimme irgendwo aus dem Dunkeln.

»Ich weiß«, sagte er.

»Ich hab meinen Schmuck schon verkauft. Es ist nichts mehr da«, sprach die Dunkelheit.

»Ich weiß«, sagte er und schaute auf seine Füße. Schnee klebte noch an ihnen, und es schien ihm, als ob sie eingegipst wären.

»Wir waren mal glücklich«, sagte Olga nach einer Weile.

»Ich weiß«, sagte er und ging zu ihr.

»Du brauchst ein Auto, dann wird's wieder.« Das Telefon unterbrach sie. Es war bezahlt und konnte auch im Dunklen klingeln. Trifon rief an.

»Meine Kinder haben heute nichts gegessen«, begann er.

»Ich weiß«, sagte Plamen.

»Der Grieche hat ein halbes Jahr die Miete nicht bezahlt und ist verschwunden«, teilte ihm Trifon mit.

»Ein Arschloch«, entschied Plamen.

»Dir geht's sicher nicht besser. Ich habe aber eine Idee … und ich hab schon einen Käufer gefunden«, wechselte Trifon das Thema.

Plamen schwieg.

»Hast du eine Brechstange?« fragte Trifon. Er hatte eine Idee und einen Käufer, Plamen eine Brechstange. »Dann nimm sie mit und komm gleich«, schlug Trifon vor.

Plamen nahm sie mit und kam. Trifon hatte einen Käufer für die Ikone der Heiligen Mutter Gottes der gleichnamigen Kirche. Alt war sie. Viele Wunder hatte sie schon vollbracht, vielen Menschen geholfen. Nun waren Trifon und Plamen an der Reihe.

Es war drei Uhr nachts, als die Tür endlich nachgab. In der Kirche war es noch kälter und dunkler als in Plamens Wohnung. Sie schalteten eine Taschenlampe ein. Gleich lächelte ihnen die Ikone bereitwillig entgegen. Es war still und ruhig. Plamen entspannte sich. Endlich hatte er die Möglichkeit, die Geheimnisse einer Kirche zu erforschen, und er forschte nach. Er kam mit einer silbernen Krone auf dem Kopf zurück. Trifon hatte inzwischen schon die

Ikone aus ihrem Schlaf gerissen und wickelte sie gerade in das Stück Gardine, das er zu Hause von seinem Vorhang geschnitten hatte. Plötzlich tauchte ein Schatten auf und begann zu schreien. Trifon hielt die Ikone in den Händen, Plamen die Brechstange. Also schlug er zu. Der Schatten fiel und vermischte sich mit der Dunkelheit. Sie liefen weg. Ein paar Straßen weiter blieb Plamen stehen. »Die Grillen!« sagte er überrascht. »Was denn für Grillen? Jetzt, im Winter?« zog ihn Trifon weiter. »Aber er hat sie im Kopf! Ich muß zurück. Er hat sie bestimmt im Kopf«, sagte er, übergab Trifon die Krone und lief zurück.

Noch in derselben Nacht wurde der Kopf von Pater Ilarion mit Gottes Hilfe und auf rustikale russische Art achtzehnmal genäht. Er kam zu sich, und das erste, was er wissen wollte, war, in welchem Kreis der Hölle er sich befand. Pater Ilarion war eben ein nüchterner Mensch.

Plamen, der den Pater ins Krankenhaus eingeliefert hatte, befand sich dagegen in einem gut geheizten Polizeizimmer, wo er von zwei verschwitzten Beamten immer wieder dieselben Fragen zu hören bekam. »Ich war allein. Ich hab die Beute weggeschmissen. Ich weiß nicht, wo sie ist«, wiederholte er. Ab und zu wurde Plamen mit dem Telefonbuch der Stadt geschlagen. Die Stadt hieß Plovdiv und war die zweitgrößte Stadt Bulgariens. Immer mehr und mehr Leute hatten inzwischen ein Festnetztelefon. Es war nicht nur ein großes, sondern auch ein praktisches Buch. Man konnte darin sogar Plamens Namen und Adresse finden. Auch Trifons Namen hätte man dort finden können, aber er war in Österreich. Man suchte sowieso nicht nach ihm.

Ein Monat später vollzog die Ikone der Heiligen Mutter Gottes ihr fälliges Wunder. Sie tauchte völlig unerwartet im Gepäck eines deutschen Antiquitätenhändlers auf. Sogar er selbst war von diesem Wunder aufs höchste überrascht und überwältigt. Es geschieht doch einiges Unerklärliches in der Welt.

Was mit Plamen geschah, hatte weniger sakralen Charakter. Er landete im Gefängnis von Haskovo, wo er das milde Urteil von fünf Jahren genießen durfte. Seine Frau Olga schrieb ihm einen einzigen Brief und kam ihn nur einmal besuchen, und zwar, um die Scheidung zu verlangen.

»Der Bub ist noch klein. Es ist besser für ihn. Es ist besser für alle. Ich will wieder glücklich werden«, sprach sie.

»Ich weiß«, antwortete er und willigte in die Scheidung ein.

Olga nahm Wesselin und fuhr nach Rußland. Nun hatte Plamen sein Auto, seine Frau, sein Kind und seine Freiheit verloren. Er putzte seine Zelle und wollte seufzen und heulen zugleich. Nur sein Zellengenosse wollte ihn lieben, aber das machte Plamen noch trauriger, denn er liebte ihn nicht.

Irgendwann gewöhnte sich Plamen an das neue Leben. Er war groß, das half ihm dabei. Da er ein guter Arbeiter war, wurde er von den Wächtern respektiert. Nun beschloß er, sich tätowieren zu lassen. Er schaute sich die Tätowierungen der Mithäftlinge genau an, um eine passende für sich zu finden. Sie sollte dezent und originell sein. Die Stelle, an der sie sitzen sollte, war ihm ebenso wichtig. Sein Zellengenosse hatte eine Spinne auf seinem Penis. Aber Spinnen ekelten Plamen an. Frauennamen fand er banal, die interessantesten Sprüche zu lang. Erst auf dem

Schwanz eines Zuhälters fand er das, wonach er suchte. Das Wort Taxi. Damit konnte er sich identifizieren. Er ließ gleich den Tätowierer holen. Seine Seele fand Ruhe, und die vier Buchstaben taten nur eine Woche weh.

Die Tage zogen schwer und langsam dahin, wie an eine Kette gebunden. Plamen erfüllte seine Pflichten, hörte die Geschichten seiner Knastbrüder, schaute oft durch die Gitter in den Himmel, der ihm jetzt blauer vorkam, und dachte an sein Leben, das ihm fern erschien.

Manchmal erinnerte er sich an seine Frau, an sein Kind und an sein Auto. Seine Frau hieß Olga und hatte wohlgeformte, warme Brüste. Sein Kind hieß Wesselin und war lieb und putzig. Sein Auto war rot und hatte ein kleines Licht auf dem Dach. Licht hatte es damals in seinem Leben gegeben, jetzt vermißte er eines, und sei es ein kleines. Nach zwei Jahren bekam Plamen Svetlev wegen guten Benehmens drei Tage Hafturlaub. Er hatte in diesen zwei Jahren mehr erfahren als sein Lehrer in zehn. Es war Weihnachten. Plamen hatte weder Familie noch Freunde, die er besuchen konnte. Er hatte nur die Adresse eines armenischen Uhrmachers und Paßfälschers. Also ging er zu ihm. Er wurde in ein Zimmer geführt, das voller tickender Uhren war. Er zahlte und setzte sich auf einen Sessel, der auch zu ticken schien. Der Armenier fotografierte ihn und verschwand in einem Nebenzimmer. Plamen blieb und wartete. Er hörte die Uhren, und es war, als ob er jede einzelne Sekunde der drei noch abzusitzenden Jahre vergehen hörte. Drei Tage später wurde Plamen Svetlev im Gefängnis von Haskovo mit Besorgnis erwartet. Die Besorgnis stieg, ein Plamen Svetlev kam aber nicht. Ein solcher konnte auch nicht kommen, denn es gab keinen Plamen Svetlev mehr. Von nun an hieß er Pyros Putakis, war in Thessaloniki geboren und genoß als freier Bürger der Europäischen Union die reibungslose Reise nach Wien. In Wien traf er Trifon, der immer noch so hieß, ein Bulgare geblieben war und trotzdem eine neue Existenz hatte. Er hatte eine kleine Wohnung, lebte allein und verdiente sein Geld ehrlich als Taxifahrer. Trifon schuldete Plamen noch die Hälfte jenes Wunders, das die Ikone der Heiligen Mutter Gottes damals vollbracht hatte. Er schuldete ihm ein neues Leben. Trifon war ein dankbarer Mensch. Er zeigte Plamen seine Wohnung, seine Küche und sein Bett. Sie saßen an seinem Tisch, tranken von seinem Schnaps und blickten durch seine Fenster. Er erzählte von seinem Leben und von seiner Arbeit. Plamen dagegen erzählte wenig, und zeigen konnte er nur seinen neuen Paß, seinen neuen Namen und die vier Buchstaben, die ihm eine Woche lang weh getan hatten. Es war nicht viel, aber es reichte, um ein neues Leben anzufangen.

Nach einem Monat hatte Plamen dieselben Freunde, nach zwei Monaten denselben Chef wie Trifon. Er hatte wieder die Arbeit, die er immer geliebt hatte. In seinen Händen ein Rad, unter seinen Füßen vier noch größere, über seinem Kopf ein kleines gelbes Licht. Umschlossen von seinem Glück saß er wie in einem Ei. Er fuhr wieder Taxi. Jemand suchte eine Straße, und er zeigte sie ihm. Jemand nannte einen Weg, und er kannte ihn. Jemand fragte nach der Fahrtdauer, und er wußte sie. Raum und Zeit hatten einen genauen Preis. Plamen wußte ihn, und sein Wissen wurde belohnt. Er war wieder das, was er einmal gewesen war. Nur daß die Straßen nicht mehr so dunkel, sondern vom Licht gesättigt waren. Nur daß er nicht mehr Frau und Kind hatte. Nur daß er nicht mehr Plamen Svetlev hieß.

Nach einem Jahr mietete er eine eigene Wohnung und lernte die Einsamkeit kennen. An manchen Tagen war sie sehr streng zu ihm. Er konnte dann nur Brot und Joghurt essen und mußte die Wohnung verlassen. Er setzte sich ins Auto, fuhr in den Prater, wählte eine Frau, die genau wie er den Preis von Raum und Zeit kannte, ließ sie einsteigen, parkte in einer Tiefgarage, machte das Licht auf dem Dach aus, spürte, wie die Buchstaben in seiner Hose größer und deutlicher wurden und ließ ihr Licht auf dem Rücksitz erlöschen. Nie stieg er aus. Er war nur in seinem Auto glücklich. So verging die Zeit. Er arbeitete viel, zahlte pünktlich seine Rechnungen, und wenn die Einsamkeit wieder übel zu ihm war, stillte er seinen Hunger mit Brot und Joghurt und seine Liebe in Tiefgaragen.

Eines Tages wurde ein Kaffeehaus von der Polizei durchsucht. Drinnen saß zufällig Plamen. Er hatte gerade eine Melange bestellt. Man fand nicht, wonach man suchte, also überprüfte man alle. Plamen war ein Bürger der Europäischen Union, was ihn zur Ruhe verpflichtete. Man schaute sich eine Weile seinen griechischen Paß und sein bulgarisches Lächeln an. Einem der beiden traute man nicht. Plamen wurde mitgenommen, seine Melange blieb.

Die Straßen waren hell und breit, im Auto war es eng und finster. Zum ersten Mal geschah es, daß er in einem Auto saß, die Präsenz eines viel größeren Lichtes über seinem Kopf spürte und trotzdem nicht glücklich war. Plamens Paß erwies sich als falsch. Nun wollte die Polizei wissen, wem sein Lächeln gehörte. Er wurde von drei Beamten verhört. Einer der Beamten hatte oft Urlaub auf Rhodos gemacht, angeblich sogar eine Griechin geschwängert. Er fragte Plamen etwas auf griechisch. Plamen schwieg. Er hatte nie Urlaub in Griechenland gemacht, und die einzige Frau, die er geschwängert hatte, war eine Russin.

»Nicht sprechen können, was? Nur Ouzo und Tzaziki wissen?« sagte der Beamte.

»Woher kommst du, du Tschusch?« fragte der zweite.

Plamen überlegte. Er hörte das Ticken vieler Uhren. Sie hatten das Leben von Pyros Putakis schon gezählt und tickten weiter. Sie störten ihn beim Nachdenken. Da er keine einzige Frage beantwortet hatte, wurde er gezwungen, sich auszuziehen. Der Anblick seiner Tätowierung erheiterte die Beamten.

»Na endlich ein Wort! Und wo er es versteckt hat!« erfreute sich der erste.

»Die anderen werden wir auch noch finden«, sagte der zweite.

»Er ist sicher gesessen«, meldete sich zum ersten Mal der dritte.

»Das nenne ich einen Vollbluttaxler. Bleibt nur zu klären, wohin du fährst, du Schlappschwanz«, sprach der erste.

»Setzen Sie sich auf ihn, und Sie werden es erfahren. Ich garantiere Ihnen eine bequeme Reise. Es wird Ihnen sicher gefallen«, sagte Plamen mit tadelloser Aussprache und mit der lockeren Höflichkeit, deren nur ein Mensch fähig ist, der seit vier Jahren in Wien lebt. Danach spürte er Schläge. Man schlug ihn mit dem Wiener Telefonbuch. Es hatte drei Bände. Wien ist eine große Stadt mit vielen

Firmen und vielen Menschen. Plamen wurde im Namen aller geschlagen. Er fand es lustig, daß man so viele Namen benötigte, um einen einzigen, um seinen eigenen herauszufinden. Er begann zu lachen, statt weiter abzuwehren. Kurz danach sah er die Lichter. Es waren die Lichter einer Stadt, die er nicht kannte.

Die Totenwache

Pavlina Stawreva lebte nicht seit gestern in Wien, also benachrichtigte sie zuerst alle ihre Nachbarn. So hatte sie es vor jeder Namenstags- und Geburtstagsfeier getan und auch bei den Festen nach der Taufe ihrer beiden Kinder. Nur einmal hatte sie es unterlassen. Bei ihrem ersten Geburtstag, den sie im Lande gefeiert hatte. Sie hatte gerade die fünfundzwanzig Kerzen ausblasen wollen, als die Polizei gekommen war. Seitdem wußte sie, daß hier ohne Wissen der Nachbarn weder eine Kerze ausgeblasen noch große Freuden ausgelebt werden durften.

Erst als der letzte Nachbar hinter seiner Tür verschwand, kehrte Pavlina wieder in die Wohnung zurück, holte eine Großpackung Taschentücher, betrat das Zimmer, in dem ihr Mann lag, und begann ihn laut zu beklagen. Die Tränen liefen ihr über die Wangen. Sie blickte durch sie wie durch Gitter, die von nun an einen Teil ihres Lebens für immer verschließen würden.

Nikodim Stawrev, so hieß ihr Mann, hatte gestern ganz unerwartet diese Welt verlassen. Aber damit auch seine Seele aus der Wohnung im sechzehnten Gemeindebezirk in Ruhe auszog und nicht immer wieder zurückkehrte, um wie zu Lebzeiten Späße mit den Nachbarn zu treiben, wollte Pavlina die Bestattung nach allen Regeln des Rituals abwickeln.

Das Glück hatte den langen Umweg von Bulgarien über

Jugoslawien und Ungarn nach Österreich gebraucht, um zum Einwandererherz von Nikodim Stawrev zu finden. Der Tod dagegen wählte einen kürzeren. Er erschien kurz nach der Mittagspause bei der Baufirma Pokorny, sah sich die schlechten Arbeits- und Sicherheitsbedingungen an, suchte sich den lustigsten Arbeiter aus, kitzelte ihn so lange am Kopf, bis dieser seinen Helm abnahm, um sich dort zu kratzen, ließ einen Kübel Mörtel vom Gerüst auf ihn herunterfallen und unterbrach sein Leben im einundvierzigsten Jahr. Nikodim hatte noch den Geschmack von Extrawurstsemmeln im Mund, als er die Welt verließ, um die längste Mittagspause zu genießen, bevor er vor dem größten aller Baumeister erscheinen sollte.

Sein ganzes Leben hatte Nikodim gescherzt. Deswegen nahm Pavlina die Nachricht von seinem Tod anfangs nicht ernst. Sie glaubte es nicht einmal, als sie ihn im Krankenhaus frisch gekämmt und reglos daliegen sah. Sie sagte nur zu dem Arzt: »Gleich wird er auferstehen«, und begann die Leiche zu ohrfeigen. »Das ist nicht lustig«, schrie sie Nikodims Leiche an, bis man sie mit vereinten Kräften wegzerrte. »Wer wird mich jetzt zum Lachen bringen«, dachte sie noch, bevor sie ohnmächtig wurde.

Nun mußte sich Pavlina um alle Angelegenheiten der letzten Reise ihres Mannes kümmern. Sie wollte, daß seine Seele reibungslos in den Himmel und sein Körper in die Erde gelangte. Zu diesem Zweck hatte sie schon alle Spiegel in der Wohnung verdeckt, das Wasser aus den Vasen geleert, Essen und Getränke für die Totenwache aufgestellt. Zu diesem Zweck hatte sie für das morgige Begräbnis Sacharina Srebreva angeheuert, eine professionelle Klagefrau, die, wenn das Geld stimmte, so loslegte, daß kein Auge in der Umgebung trocken blieb. Man erzählte, daß sie sich mit ihren Tränen schon ein Haus an der Schwarzmeerküste gebaut hatte. Sonst arbeitete sie in einer Putzerei, ernährte einen unbegabten Mann und einen begabten Sohn, hatte dazu noch Kraft genug, jeden Mittwoch einen dritten Mann glücklich zu machen, und träumte von der Pension, jener Zeit, die sie in ihrem aus Tränen gebauten Haus verbringen wollte. Sacharina sollte erst morgen beim Begräbnis in Erscheinung treten, dafür sollten heute Nikodims beste Freunde die Totenwache halten. Pavlina war sehr froh darüber, denn sie hatte ihre Kinder bei einer Freundin gelassen, wo sie auch übernachten sollten. Sie waren noch zu klein, die eine Tochter war sechs, die andere hatte erst vor kurzem die ersten Schritte gemacht, und Pavlina wollte ihnen den Anblick des Sarges, in den jeder irdische Weg mündet, ersparen. Also brachte sie die beiden, noch bevor die Leiche in der Wohnung aufgebahrt wurde, zu ihrer Freundin. Am Abend wollte sie sie dann besuchen, zu Bett bringen und wenn sie eingeschlafen waren, wieder zu dem Toten zurückkehren. Währenddessen sollten Nikodims Freunde bei der Leiche bleiben. Denn eine Leiche soll nie allein gelassen werden. So hatte sie es von ihrer Mutter gehört und von ihrer Großmutter, die besonders gern Geschichten von verirrten Seelen erzählte, wie die Geschichte von der Seele eines Parteisekretärs, die immer wieder nachts ins Haus seiner Familie zurückkehrte, Nüsse auf dem Dachboden rollte, Salz und Mehl vertauschte, die Internationale in den Schornstein summte und überhaupt alles tat, was eben eine verirrte Seele so tut.

Die engsten Freunde ihres Mannes waren fünf an der

Zahl. Drei davon hatten gemeinsam mit ihm noch vor kurzem Beton gemischt, bevor sich das Schicksal eingemischt hatte, um zu zeigen, daß die Menschen in seinen Händen nicht mehr sind als Sand, Staub, Steine und Wasser, Material eben, Material, mit dem es werkte. Die drei Freunde, die das Werken des Schicksals aus nächster Nähe beobachtet hatten, hießen Josef, Virgil und Bora.

Josef Schutt war Maurermeister. Er war in Wien zur Welt, durch die Ohrfeigen seiner Eltern zur Vernunft, mit viel Mühe zu einem Schulabschluß, durch Trägheit zu seinem Beruf, im Prater zu seinem ersten Kuß und durch einen Leichtsinn zu Frau und Kind gekommen. Er war ein Mann von schlichtem Gemüt, mit brüchigen Nägeln und mit einem Schnurrbart, der von vielen Zigaretten herbstlich gefärbt war. Am liebsten las er Horoskope. Die Sterne versprachen ihm viel Geld. Deswegen schaute er sie auch gerne an, viel lieber als das Gesicht seines Arbeitgebers, der wie ein böser Zauberer all ihre kosmischen Bemühungen in bescheidene Lohnzettel verwandelte.

Virgil Mistrianu hatte die Sterne zum ersten Mal über Baia Mare erblickt. Er war so wie sein Vater Bergarbeiter geworden, war dann mit anderen Bergarbeitern nach Bukarest marschiert, um das Geld zu erzwingen, das ihnen der Staat seit Monaten schuldete, und weil er dort keines fand, marschierte er weiter, in der Hoffnung, irgendwo welches zu finden. So war er nach Wien gelangt. Er benutzte seit zehn Jahren den gleichen Kamm und die gleichen Sprüche, spielte die gleichen Lottozahlen und hatte das gleiche Pech mit den Frauen. »Mir ist alles gleich«, war seine Lieblingsantwort.

Bora Zoric war Serbe. Seine Augen hatten die Farbe

des bröckeligen Bodens seines Heimatdorfes, sein Körper war bis zu den Fingerspitzen mit Haaren überwuchert, wie ein verlassener, unkrautverwachsener Hof. In seinem Herzen trug er die Wärme seines Geburtshauses, unter dessen Dach flatterhafte Gefühle wie Schwalben nisteten. Eine Schwalbe war einmal ins Nachbardorf geflogen und hatte dort auf dem Jahrmarkt hinter einem Stand mit gebackenen Kürbissen seine zukünftige Frau gefunden. Eine andere Schwalbe hatte später, nur drei Häuser weiter, eine Geliebte für ihn ausgewählt. Er war als Gastarbeiter nach Wien gekommen, und würde man die Gerüste, die er in zwanzig Jahren erklettert hatte, aufeinander stellen, würden sie, wie er scherzte, den Mond erreichen. Für eine Pension aber reichten sie nicht.

Alle drei erschienen Punkt siebzehn Uhr in Pavlinas Wohnung, um auf eigenen Wunsch die Totenwache für ihren verstorbenen Freund zu halten. Sie waren nicht die ersten. Neben der Leiche hockten schon Zeko und Wlado, zwei Bulgaren mit geduldigen Hundeblicken, glatt rasierten Gesichtern, zerknitterten Anzügen und undurchsichtigen Berufen. Doch egal welchen Beschäftigungen sie nachgingen, sie mußten sehr anstrengend und kräftezehrend sein, denn aus ihren abgemagerten Körpern wehte, wie durch zwei offene Türen, die Einsamkeit vieler durchwachter Nächte.

Die fünf Männer grüßten einander. Sie kannten einander von den vielen Festen, die Nikodim zu Lebzeiten gefeiert hatte.

»Danke, daß ihr gekommen seid, um mit mir diese schwere Nacht zu verbringen. Mein Mann hätte sich sehr ...«, da wischte sich Pavlina eine Träne ab. »Ich muß jetzt zu meinen Kindern, die Armen ... Aber spätestens um elf bin ich wieder zurück. Das auf dem Tisch ist alles für euch. Wartet nicht auf mich. Bedient euch ruhig«, sagte sie noch, während sie ihren Mantel anzog.

»Ich hab so was noch nie gemacht. Ihr müßt mir sagen, was ich tun muß«, sagte Josef, nachdem Pavlina die Wohnung verlassen hatte.

»Nichts. Einfach warten, plaudern und wach bleiben«, erwiderte Zeko im Ton eines Experten.

»Am besten wir trinken zuerst einmal etwas«, schlug Virgil vor und griff nach dem Schnaps. Alle waren einverstanden, alle tranken.

»Ein blöder Tod«, meinte Bora. Das fanden auch die anderen, und weil sie alle gerade an den Tod dachten, bekamen auch alle gleichzeitig Lust, noch eins zu trinken. Nur anstoßen dürfe man nicht, wenn man auf einen Verstorbenen trinke, warnte Wlado. Also wurden die Gläser ohne Klang gehoben, dafür aber im Einklang geleert. Sein Vater, erinnerte sich Wlado, sei auch so blöd gestorben. Er habe nur den grauen Star gehabt, und den wollte er entfernen lassen. Er sei ins Spital gegangen und habe zuversichtlich auf die Operation gewartet. Gut. Aber an diesem Tag hätten die Ärzte ein ganz neues Lasergerät bekommen. Sie hätten es gerade ausgepackt, bewundert, hier und da gedrückt und dann ein Versuchsobjekt gebraucht. Sie hätten einen Blick ins Krankenzimmer geworfen, und wer sei da zufällig gelegen, sein Vater natürlich. Den grauen Star hätten sie zwar entfernt, aber der Strahl habe auch irgend etwas in seinem Gehirn beschädigt. Nun habe sein Vater zwar alles gut gesehen, aber dafür kein Familienmitglied mehr erkannt. Ihn, Wlado zum

Beispiel, habe er wegen seiner Postuniform für einen Schaffner gehalten und dauernd gefragt, wann der Zug endlich in Burgas ankommen werde. Zwei Monate später sei er in fröhlicher Wirrnis gestorben. Bora erzählte seinerseits von drei Freunden aus seinem Heimatdorf in Serbien, die ein Schwein schlachten wollten. Sie hätten es aber humaner erledigen wollen und anstelle eines Messers hätten sie ein Stromschlaggerät benutzt. Was da genau passiert sei, wisse niemand, aber am Ende seien alle tot gewesen, außer dem Schwein. Es habe in der Nähe gewühlt und gegrunzt. Das habe man davon, wenn man neue Technologien benutze und nicht der Tradition vertraue. Er habe dann aus Protest kein einziges Stück Fleisch, nicht ein einziges Cevapcici von dem Schwein gekostet. »Kein Schwein will sterben«, bemerkte Virgil weise mit einem Stück Salzgurke im Mund, das immer wieder seine Wange ausbeulte und ihm so den Eindruck verlieh, er wähle und sortiere gerade alle Worte, die er im Laufe der Nacht zu gebrauchen gedachte. Jeder erinnerte sich an einen überflüssigen, unnötigen und dummen Todesfall und berichtete davon. Nur Zeko wich ein bißchen vom Thema ab und erzählte von seinem ersten Bordellbesuch, der an sich auch sehr blöd verlaufen war. Doch zum Schluß waren sich alle einig, daß der Tod im allgemeinen und ein paar Ereignisse im besonderen etwas Unnötiges, Überflüssiges und Dummes seien, und die Gläser wurden wieder gefüllt und seufzend gekippt, und die Augen wurden klebriger, um das Leben noch stärker festzuhalten.

»Ein Prachtkerl war er! Und erst sein Schnurrbart! Schaut wie fesch der ist. So einen hab ich mir immer gewünscht«, sagte Josef und zeigte mit einem Pfefferoni auf die Leiche. »Und das alles sollen jetzt die Würmer fressen, die keine Ahnung haben, was schön und was unschön ist. Ich hab Würmer immer gehaßt, und ihn hab ich geliebt, sehr geliebt. Für ihn hätt' ich sogar eine Niere spendiert, wenn er sie gebraucht hätte. Das mein' ich ernst.« Josef klopfte sich dorthin, wo er glaubte, daß sich seine Niere befand. »Ich will ihm einen Kuß geben.« Er erhob sich, strich zuerst dem Toten über den Kopf und gab ihm einen Kuß. »Hab nichts Falsches gemacht, oder?« fragte er anschließend.

»Keineswegs. Man kann alles tun, was der Verstorbene auch gerne getan hätte«, meldete sich Zeko.

»Schaut, seine Schuhbänder sind nicht gebunden. Ich bind' sie gleich.«

»Nein. Die sollen offen bleiben! Keine gebundenen Schuhe, keine geschlossenen Gürtelschnallen. Sonst bleibt seine Seele hier hängen«, erklärte Zeko.

»Na so was«, kratzte sich Josef am Kopf und versuchte, jene Zentren in seinem Hirn zu aktivieren, die für solche unentwirrbaren Angelegenheiten zuständig waren. »Eine heikle Sache, diese Seele«, stellte er fest. Virgil nickte zustimmend.

»Er hat auch seinen Hochzeitsanzug an«, fuhr Zeko mit seiner Aufklärung fort, «damit ihn später seine Frau im Jenseits erkennt.«

»Gut, daß du mir das sagst. Ich werd' noch morgen mein Hochzeitsgewand verbrennen«, jauchzte Josef. Alle lachten und ihre Augen füllten sich mit Tränen, als ob der Rauch von Josefs verbranntem Hochzeitsanzug sie schon reizte.

Es wäre schön, wenn die Flaschen wie die Seelen wären. Man könne sie dann zuschnüren und ihr Inhalt bliebe immer da, meinte Wlado, zeigte auf die leere Flasche und öffnete die nächste. Von diesem Gedanken inspiriert, zog Virgil das Schuhband aus seinem rechten Schuh und band es um die Flasche. Er wollte es wissen. Die anderen auch. Es stellte sich aber heraus, daß die zweite Flasche noch schneller leer war als die erste. Das war seltsam. Es war unheimlich. Josef bekam vor lauter Verblüffung Schluckauf. Doch Bora hatte eine Erklärung. Der Tote sei auch durstig und habe ein Zeichen gegeben. Er habe ja auch gerne getrunken, mit Freunden gesessen und gefeiert. Und was taten sie? Sie saßen da am Tisch und aßen und tranken ohne ihn. »Wir sollten ihn zu uns an den Tisch holen«, schlug er vor. Die anderen waren begeistert. Also wurde Nikodims Leiche aus dem Sarg geholt und auf einem Stuhl vor den Tisch gesetzt. Seine Hände wurden behutsam auf den Tisch gelegt und zwischen diese ein gefüllter Teller gestellt. Ein bißchen schwieriger war es, ihm die Gabel in die Linke und das Glas in die Rechte zu schieben. Aber wofür hat man Freunde. Gleich ging die Stimmung in die Höhe und alle waren sich einig, daß die dritte Flasche am besten schmeckte. Alle lobten Bora für seinen Einfall, alle waren überzeugt, ein Mysterium enträtselt zu haben. Plötzlich stand Virgil auf. »Ich hätte statt ihm sterben sollen. Ich hab weder Frau noch Kinder. Niemand wird mich vermissen ... nicht mal ihr. Ihr seid keine Freunde. Nur er war mein Freund. Ich will für ihn sterben«, sagte er, zog seine Schuhe aus, stieg in den Sarg und streckte sich aus. »Laßt mich! Ihr seid keine Freunde. Ich will jetzt sterben«, sagte er noch, und schon war er eingeschlafen. Man entschloß sich, ihn nicht zu stören. Man machte lieber eine neue Flasche auf. Man redete über das Leben und man wußte bald nicht so richtig, was blöder sei, das Leben oder der Tod. Man war sich uneinig. Der einzige, der es eigentlich wissen sollte, war der Tote. Man fragte ihn. Er antwortete aber nicht. Die Flasche war schon bis zur Hälfte leer, das Problem blieb aber immer noch zur Gänze ungelöst. Da fiel Zeko ein, daß der Verstorbene zu jedem Fest gern Musiker eingeladen hatte. Bei Zeko lebten gerade zwei Roma-Musiker aus Bulgarien. Sie hatten früher meist am Westbahnhof übernachtet, gelegentlich spielten sie in serbischen oder türkischen Lokalen, viel öfter aber auf der Straße. Mit dem Geld, das sie verdienen würden, wollten sie eine Kirche in der Heimat bauen. Anscheinend brauchte Gott aber momentan keine weiteren Kirchen, denn seine Zuwendungen beschränkten sich auf täglich ein Stück Brot und nachts eine Bank im Bahnhof. Dafür schickte er ihnen eines Tages Zeko. Er lenkte seinen von Glühwein erweichten Schritt und sein vom Heimweh geschwächtes Herz auf die Mariahilfer Straße. Dort spielten die beiden. Zeko hatte ihnen eine Weile zugehört und sie anschließend mit zu sich nach Hause genommen. Nun rief er sie an. Sie sollten an diesem Abend eigentlich in einer Sauna namens »Miami Beach« auftreten, nur mit Handtüchern und ihren Instrumenten bekleidet. Doch nach Zekos Anruf warfen sie die Handtücher weg und beschlossen, lieber anderswo zu schwitzen. Eine halbe Stunde später standen sie bereits vor der Tür. Sie bekreuzigten sich schnell, leerten andächtig zwei Gläser, strichen über ihre zwei dünnen Schnurrbärte, packten ein Akkordeon und eine Kniegeige aus und begannen zu spielen. Zuerst wünschte sich Bora etwas Serbisches, danach Wlado etwas Bulgarisches. Josef verspürte Lust, etwas Ungarisches und Rumänisches zu hören, denn er dachte gerade an die Donau, in die er sich einst werfen wollte. Immer wenn er besoffen war, gedachte er der trüben Gewässer der Donau und sah seine Leiche bis ins Schwarze Meer treiben. An allen Städten vorbei, die das Leben ihm vorenthalten hatte. Als die rumänische Melodie erklang, wachte Virgil auf, sprang aus dem Sarg und begann mitzusingen, was die Musiker sehr erschreckte, denn sie dachten, er wäre der Tote. Da erst kapierten sie, daß der Verstorbene am Tisch saß. Wie hätten sie ihn erkennen sollen? Er unterschied sich ja von den anderen nur dadurch, daß er weder aß noch trank noch eine Nummer bestellte. Sonst schien er ganz zufrieden. Männer wie ihn kannten die Musiker viele, die meisten von ihnen sahen noch viel toter aus. Außerdem hatte Wlado einen Zustand an Besoffenheit erreicht, in dem er selber nicht mehr so sicher war, wer nun genau gestorben war, was für zusätzliche Verwirrung sorgte. »Es kann ja auch sein, daß ich der Tote bin«, meinte er. Josef war ergriffen. Er zog sofort Wlados Schuhbänder aus dessen Schuhen, damit sich seine Seele nicht in dieser ungerechten Welt verfinge, und versprach, auch für ihn die Totenwache zu halten. Inzwischen hatten sich die Musiker gefangen und Josef konnte wieder ein ungarisches Lied bestellen und wieder die Donau erblicken, trüb, unermeßlich und wuchtig, wie der Kummer eines Proletariers, und er legte sich in den Sarg wie in ein Boot, um ein Gefühl davon zu bekommen, wie es sein wird, wenn er einmal tot daliegen würde. Der Sarg war aber zu klein für ihn, sein verschwitzter Kopf ragte aus ihm heraus. Unbequem, eine sehr unbequeme Angelegenheit sei der Tod, verkündete er, und ging wieder an Land. Da schlug jemand kräftig an die Tür. »Es ist sicher einer der Nachbarn. Wir sind wieder einmal zu laut«, sagte Bora. Er werde das regeln, denn er sei ein Österreicher. Hier in Wien sei er geboren, hier in Wien werde er sterben, und deswegen kenne er sich mit allem, was sich hier zwischen Geburt und Tod abspiele, aus, sagte Josef und ging die Türe öffnen. Nach etwa fünfzehn Minuten kehrte er mit einem künstlichen Gebiß in der Hand zurück. »Ich hab die Sache elegant gelöst«, erklärte er. »Es war der Nachbar von nebenan. Ein Wahnsinn, wie alt manche Menschen werden. Hat die ganze Zeit gedroht, die Polizei zu rufen. Soll er sie rufen! Bin gespannt, ob sie ihn verstehen können«, sagte er und warf das Gebiß in den leeren Sarg.

Besser könne man es gar nicht machen, lobten alle Josefs diplomatische Fähigkeiten, und die Musik spielte weiter. Die Herzen gingen vor Freude über, und das Glück rann ihnen durch die Körper bis in die Beine. Zeko zog sein Hemd aus, sprang auf den Tisch und begann zu tanzen. Bald tanzten alle in dem Zimmer. Alle außer Nikodim. Das fiel Bora auf, und er erinnerte sich, daß der Verstorbene auch gern getanzt hatte und daß es sehr traurig wäre, ihn den Würmern zu übergeben, ohne daß er ein letztes Mal getanzt hätte. Sofort bildeten die Freunde einen Reigen, nahmen Nikodims Leiche in ihre Mitte, bestellten seine Lieblingsnummer und begannen, mit ihm durch das Zimmer zu hüpfen.

Die Musik und das Poltern hatte Pavlina schon von der Straße aus gehört und sich geärgert, daß gerade heute einer ihrer Nachbarn einen Grund zu Feiern hatte. Bald mußte sie aber mit Erstaunen feststellen, daß das Getöse aus ihrer Wohnung kam. Deswegen betrat sie auch sehr vorsichtig das Zimmer. Der Parkettboden unter ihren Füßen war klebrig. Auf dem Tisch klirrten leere Flaschen, Teller und Konserven. Gläser bebten, abgebissene Essiggurken rollten über den Tisch und fielen zu Boden. Sie sah einen leeren Sarg, zwei Musiker mit verspielten Augenbrauen, sechs im Reigen tanzende Männer. Zwischen fünf verschwitzten Lächeln wackelte der Kopf ihres Mannes. Eine Münze sprang aus seiner Westentasche und rollte unter ihre Füße. Es war die Münze, mit der er die Fahrt ins Jenseits bezahlen sollte.

Kein Wunder

Die Sonne scheint, die Hitze steigt, drei Schwarzarbeiter bauen in Wien für sechs Euro die Stunde ein Haus. Sie bauen schnell. Sie bauen morgens, sie bauen mittags, sie bauen abends. Bezahlt werden sie freitags oder später, so wie der Herr, der sie gemietet hat, es will. Würde er wollen, daß sein Haus bis an den Himmel reicht, würden sie es gern so hoch bauen. Aber soviel will keiner bezahlen. Der Herr, der sie gemietet hat, ist bescheiden. Nur zwei Stöcke will er, und ein Schwimmbecken. Und bezahlen würde er sie am liebsten später.

Also bauen die drei nur zwei Stock hoch, und der Herr im Himmel bleibt ruhig, weil die Löhne so niedrig und die Herren auf Erden so geizig sind, daß keiner mehr Interesse hat, einen Turm bis an den Himmel zu bauen.

Die drei Arbeiter kommen aus Osteuropa. Der erste, der Meister, ist Tscheche. Seit fünfzig Wintern ist er auf dieser Welt, seit fünf Sommern in Wien. Sein Name ist Karel Nemetz, sein Gesicht noch jung, seine Augen klein und blau, sein Kopf kahl, seine Gedanken in der Heimat, sein Deutsch gut. Er hat auch in Italien gearbeitet. Mit seinem Vater und seinem Sohn hat er dort gearbeitet. Äpfel haben sie gepflückt. Schwere Arbeit sei das gewesen. Auf die Bäume hätten sie klettern müssen. Auf dem einen sein siebzigjähriger Vater, auf dem anderen sein zweiundzwanzigjähriger Sohn und in der Mitte er, Karel. Nicht nur die

Männer der Familie Nemetz, alle Männer der Pobeda-straße in Brno hingen in italienischen Apfelbäumen. Hinauf und hinunter hatte man sie gehetzt, für vier Euro die Stunde. Schlimm. Sehr schlimm. Danach hat Karel in Österreich bessere Arbeit gefunden.

Sein Vater sei inzwischen gestorben, sonst hätte er ihn auch hierher mitgenommen. »Er hat's jetzt ruhig unter der Erde. Keiner kann ihn mehr hetzen, weder hinauf noch hinunter«, sagt Karel, während sie bauen.

Der zweite Arbeiter kommt aus Rumänien, heißt Dan, ist achtundzwanzig, lebt seit sieben Jahren illegal in Wien, hat sieben Kilo abgenommen, schickt seinen sieben Geschwistern immer wieder Geld und, obwohl er mit der deutschen Sprache schon gut umgehen kann, weiß er immer noch nicht, was das Wort Wahrheit bedeutet. Er hat es all die Jahre nicht gebraucht. Ein Visum hat er gebraucht, einen Meldezettel, eine Arbeit, aber nie die Wahrheit. Vor ein paar Tagen hat Karel etwas auf deutsch erzählt und das Wort verwendet. Dan hatte es nicht gekannt. Karel versuchte eine Weile, ihm die Bedeutung des Wortes zu erklären, aber bald gab er auf. Es war nicht so wichtig.

Der dritte Arbeiter kennt die Bedeutung vieler Wörter noch nicht. Er heißt Juri, ist dreiunddreißig, kommt aus Moldawien, ist vor einem Jahr in Italien von einem Schiff gestiegen, hat sich unter die Leute gemischt und ist sechs Monate später plötzlich in Wien aufgetaucht. Deutsch spricht er wenig. Am häufigsten gebraucht er zwei Sätze, die er inzwischen tadellos aussprechen kann. Beide sind Fragen. »Kommt der Chef heute?« lautet die eine, »Wie lange sollen wir noch auf unseren Lohn warten?« die andere.

Nun bauen alle drei gemeinsam ein Haus. Sie bauen morgens und mittags und abends. Nur bezahlt werden sie, wann der Chef es will.

Eines Morgens beginnen Juris Hände zu bluten. Nachts hat er, während er auf der Baustelle in seinem Schlafsack schlief, Stigmata bekommen. Da er nicht versichert ist und sich nicht getraut, die Wunden einem Arzt zu zeigen, bleibt den Menschen ein Wunder und der Kirche ein Heiliger vorenthalten. »Es ist vom Schaufeln«, meint Karel und holt Verbandszeug aus der Apotheke. »Schnell, der Chef darf das nicht sehen. Sonst nimmt er einen anderen«, rät ihm Dan. Juri verbindet seine Hände und arbeitet weiter.

Die Sonne scheint, die Hitze steigt, drei Schwarzarbeiter bauen in Wien für sechs Euro die Stunde ein Haus. Sie sprechen deutsch miteinander. Der erste erzählt viel, am liebsten aber, daß sein Vater nie mehr auf einen Apfelbaum hinauf- oder von einem hinuntergehetzt werden kann. Der zweite erzählt wenig und kennt das Wort Wahrheit immer noch nicht. Der dritte hört zu, schaut mal seine Kollegen an, mal in den Himmel und fragt: »Kommt der Chef heute?« und »Wie lange sollen wir noch auf unseren Lohn warten?« Gestern hat er Stigmata bekommen. Aber keiner soll etwas davon erfahren. Er verliert sonst seine Arbeit.

Inhalt

Eine Geschichte,
die fasziniert
und berührt

In diesem großen Roman, der über mehrere Generationen und Kontinente hinweg den Werdegang einer ukrainischen Familie erzählt, treffen wir auf Zenon Zabobon und seine Frau Natalka, die an dem Tag heiraten, an dem der österreichische Thronfolger erschossen wird, auf ihre Tochter Slava, Zenons Bruder Stefan – und nicht zuletzt auf »mindestens tausend Verwandte«. Tiefernst – und gleichzeitig voll von Komik.

Aus dem Amerikanischen von Martin Amanshauser
208 Seiten. Gebunden

Deuticke

www.deuticke.at